KB123689

로크미디어가
유혹하는
재미있는 세상
ROK MEDIA
로크미디어

달빛 조각사

달빛 조각사 54

2019년 2월 20일 초판 1쇄 인쇄
2019년 2월 25일 초판 1쇄 발행

지은이 남희성
발행인 이종주

기획 팀 이기헌 왕소현 박경무 이승제
책임 편집 이세종

발행처 (주)로크미디어
출판등록 2003년 3월 24일
주소 서울시 마포구 성암로 330 DMC첨단산업센터 3층 318호, 319호
Tel (02)3273-5135 **Fax** (02)3273-5134
홈페이지 rokmedia.com **E-mail** rokmedia@empas.com

값 8,000원

ISBN 979-11-294-0981-2 (54권)
ISBN 978-89-5857-902-1 04810 (세트)

남희성 게임 판타지 소설

차례

The Legendary Moonlight Sculptor

남부 사막

위드는 유린의 그림 이동술을 통해서 사막 도시 차크마크에 도착했다.

광장 대신에 초록빛 오아시스가 도시 한복판에 펼쳐져 있었다.

"물 담배 팝니다. 성인들만!"

"향료 대량 구매해 주실 분! 도시 공적치 있는 분은 많이 살 수 있어요!"

"가죽류 매입, 매각합니다. 원하는 종류 있으시면 언제든 상담요."

"시미터 전문 판매점. 시미터만 취급합니다."

광장에는 유저들 100여 명 정도가 있었다.

뜨거운 햇빛 아래에 커다란 파라솔들을 펴 놓고 옹기종기 앉아 노점을 차리고 장사를 하는 이들이었다.

"흠, 이 부근이라고 했지."

위드는 광장 구석의 골목길로 들어가서 바로 움직였다.

케이베른이 일주일마다 도시를 하나씩 파괴하는 중이고, 몬스터들도 빠르게 늘어나고 있다.

"올슨은 어디에 있죠?"

"그 늙은이 말인가? 동쪽에서 가장 높은 모래 구릉에 있겠지."

"찾기 쉽나요?"

"동쪽에서 태양이 뜨는 걸 볼 수 있는 곳이지. 그 근처에서 양을 돌보고 있을 거야. 정말 토실토실한 녀석들이야."

주민으로부터 올슨에 대한 소식을 들은 후에 도시 밖으로 가서 모래 구릉을 찾았다.

산처럼 높은 모래 구릉에서 태양을 바라보며 물 담배를 피우는 노인!

위드는 여행자 복장을 갑옷으로 바꾸고 허리에 로아의 명검도 찼다.

기본적으로 빠르게 친밀도를 높이려면 상대방이 원하는 모습을 하는 편이 유리하다.

서윤은 올슨이 매우 사람을 가려서 대화를 나눈다는 정보를 알려 주었다.

"가장 강한 전사의 이야기를 듣고 싶어서 왔습니다."

"크흐흘, 다들 내 이야기는 헛소리로 알지."

올슨의 몸은 흉터투성이였다. 심지어는 어깨에서 배까지 가로지르는 커다란 짐승의 이빨 자국도 있었다.

"저는 그렇게 생각하지 않습니다. 그리고 당신은 굉장한 과거를 가진 사막 전사 같군요."

"클클클, 그런 아부를 한다고 해서 사막의 주민이 아닌 자와 대화를 나눌 수는 없어."

"당신의 몸에 있는 화상과 흉터, 불도마뱀과 싸우다가 생긴 것 아닙니까?"

올슨의 표정이 확 달라졌다.

사막에서 친밀도를 높이려면 무기, 몬스터, 전투, 이런 주제를 화제로 올리는 게 좋다.

"흉터만 보고 불도마뱀에 대해 알아보는 이가 있을 줄은 몰랐군."

"저도 불도마뱀을 꽤 좋아합니다. 잘 안 구워지긴 하지만, 불을 제대로 조절해서 겉이 바삭해질 정도로 구워 내면 정말 맛있죠. 특히 기름이 뚝뚝 떨어질 때 뜯어 먹으면 쫀득한 육질이 최고입니다."

"불도마뱀은 시장에서 팔지 않는데… 자, 자네가 불도마뱀을 잡아 봤나?"

"많이 구워 먹었습니다. 삶으면 나오는 맑은 국물도 좋았죠. 술을 담그면 좋았을 텐데… 시간이 없어서 해 보진 못했습니다. 아쉽지만 이거라도 한 모금 드시죠."

위드는 낙타의 젖을 짜서 만든 술을 올슨에게 건네주었다.

"크… 끝내주는 맛이야. 물통에 담긴 술이 있으면 더 바랄 게 없지. 그래, 젊은이여. 전사가 세상을 살아가는 데 무엇이 필요하다고 생각하나?"

올슨의 눈빛은 전투를 앞둔 것처럼 날카로웠다.

이야기를 나누고 있지만 일종의 시험!

여기서 마음에 들지 않는 말을 하면 바로 대화가 끝나고 말리라.

"칼 하나. 그걸로 충분합니다."

"나도 그러네. 젊어서는 칼 한 자루만 믿고 어디든 다녔지."

올슨은 사막을 유랑했던 자신의 과거를 이야기해 주었다. 몇몇 도시와 던전, 유명한 부족에 대한 설명도 있었다.

"황량한 사막이라지만 남쪽에는 믿을 수 없을 정도로 비옥한 땅이 있어."

"비가 자주 오는 곳 말입니까?"

"크흐, 사막의 역사에 대해서도 잘 아는군."

"역사라기보단… 뭐, 제가 저지른 일에 대해서는 대충 알고 있습니다."

사막의 대제왕 시절, 고요의 사막을 지나고 비를 내리게 했던 기억이 어렴풋이 떠올랐다.

"메타페이아에 가 본 이들은 드물지."
"좋은 곳이죠."
"호오… 신기루를 찾아내는 지름길을 알고 있나?"
"모래 폭풍을 뚫는 겁니다."
위드는 대화를 나누면서 자연스럽게 시험을 통과하며 추가적인 친밀도를 올렸다.
사막에서는 싸우고, 모험을 한 경험을 바탕으로 금방 친해질 수 있었다.
음흉하고 대가를 바라는 마법사들보다는 훨씬 상대하기 쉬운 이들.
올슨이 술통을 전부 비우고 비장하게 말했다.
"내 뜨거웠던 시절은 너무 오래전에 지났어. 전사들의 심장을 불태우던 검술은 거친 모래에 파묻혀 버렸고 이젠 잊힌 과거가 되었다."
"……."
"젊은 전사들은 팔로스 제국의 추억을 되돌리려고 하지만… 예전처럼 전사들이 강하지 않아. 사막의 역사는 전사들이 쓰는 것인데."
"저도 그렇게 생각합니다."
"말로는 쉽지. 예전 전사들이 쓰던 검술은 정말 강했어. 자네가 그런 검술을 배워 와서 내게 보여 줄 수 있겠나?"
띠링!

사막의 오래된 검술

주정뱅이 올슨은 전사의 이야기를 듣길 좋아한다.
사막 전사들이 만들어 낸 검술을 가져와서 그에게 보여 주자.
그러면 자신이 알고 있는 옛날이야기를 들려줄 것이다.

난이도 : D

보상 : 검술의 수준에 따라 이야기를 들려줄 것이다.

"네. 그런 검술을 찾아오도록 하겠습니다."

-퀘스트를 수락하셨습니다.

위드는 당연하지만 사막 전사의 검술을 이미 익히고 있었다.

그것도 최강의 스킬로!

"근데 제가 이미 알고 있는 사막 전사의 검술이 있는데… 펼쳐 봐도 되겠습니까?"

"크, 생각보다 내 눈이 높아. 어설픈 검을 보여 줄 거라면……."

"용암의 강!"

위드가 검을 휘두르자 모래 구릉이 갈라졌다.

붉은 용암이 폭발하듯이 솟구치며 열기를 사방으로 퍼뜨렸다.

헤스티거가 남겨 놓은 사막 전사 최강의 스킬.

"이, 이런……."

"이 정도면 되겠습니까?"

"충분하네, 충분해! 살아생전 이런 엄청난 검술을 보게 되다니… 자네가 위대한 분의 뜻을 잇고 있는 줄은 몰랐군!"

띠링!

사막의 오래된 검술 완료

당신은 사막에서 전설로 분류되던 검술을 가져오고야 말았다.
올슨은 자신이 아는 모든 이야기를 기꺼이 할 것이다.

-명성이 5,300 증가했습니다.

-경험치를 습득하셨습니다.

올슨과의 만남은 전사의 상위 직업을 얻기 위한 기초 작업이었다.

'여기가 시작이 될 거라고 했지.'

서윤은 아르펜 제국의 통치로 바쁜 와중에도 사막 지역을 꼼꼼히 살폈다.

올슨의 퀘스트를 해낸 사람은 지금까지 100여 명 정도 되었는데, 다양한 이야기를 들었다고 한다.

검칠십이치도 올슨의 의뢰를 완료하고 들은 이야기로 큰 도움을 얻었다.

"자네의 검술도 뛰어나지만 사막의 뜨거움은 없군. 오래전, 전설적인 전사들은 태양과 불의 힘을 다루었다네. 지금은 아는 사람들이 거의 없겠지만, 흠흠……."

서윤은 올슨이 했던 말들을 분류해서 사막 전사, 숨겨진 전사 직업이나 태양의 전사와 관련이 있을 것이라 판단했다.

바드레이는 흑기사를 마스터하고 다음 직업을 선택하려 했다.

–위드가 전사로 전직했다!

새로 얻을 직업은 위드와의 일전을 고려해야만 했다.

'전사라. 전체적으로 무난한 선택이 되겠군.'

바드레이는 흑기사를 마스터했지만 다음 직업으로 소환이나 마법 계열은 염두에 두지 않았다.

'지금 내 모든 능력치들은 흑기사에 맞춰져 있어. 위드처럼 장비를 마음대로 돌려 쓸 수 있는 것도 아니고. 마법을 처음부터 다시 익히는 것도 무모한 일이 되겠지.'

바드레이는 장거리 텔레포트를 이용하여 북부 대륙으로 건너갔다.

아르펜 제국의 영역이지만, 투구와 갑옷을 바꾼다면 쉽게 눈에 띄지 않으리라는 판단.

모라타의 빙룡 광장!

얼음으로 만들어진 빙룡의 조각품이 있으며, 수많은 유저들로 북적이는 곳이었다.

"식재료로 넣으면 감칠맛을 더해 주는 풋고추 팝니다."

"조각해요, 조각! 본인 얼굴부터 기념품까지! 빙룡 조각품이 단돈 1골드!"

"황소 1마리 몰고 가세요. 여행용으로도 좋고, 짐을 운반하는 용도로도 그만인 황소예요!"

"모라타 특산 포도주. 사냥터에 가서 한 모금만 하십쇼. 두 모금 하면 너무 맛있어서 사냥할 생각도 싹 사라질 겁니다."

광장에 다양한 물품들을 판매하는 유저들이 있었다.

'오랜만에 신선한 기분이군.'

바드레이는 가만히 서서, 잡다한 물품들을 장사하는 유저들을 지켜봤다.

중앙 대륙에는 값비싼 무기나 방어구를 위주로 판매하는 이들이 대부분이었다.

저렴한 물품은 이익이 많이 나지도 않았고, 초보들이 그만큼 북부로 떠났기 때문이다.

'로열 로드의 초창기 같은 재미가 있는 것인가. 왜 라페이가 시간이 갈수록 하벤 제국이 어려워질 것이라고 했는지, 이 활기찬 분위기를 직접 보니 이해가 가는군.'

수많은 상념이 바드레이의 뇌리를 스쳐 지나갔다.

과거에도 사냥 업적을 세우기 위해 북부 대륙에 한번 와 본 적 있긴 했지만, 그때만 해도 대부분은 얼어붙은 땅덩어리였다.

그가 사냥터에 머무르는 동안 대륙에는 거대한 변화가 생겼던 것이다.

"어? 저 사람 바드레이 아냐?"

"그러네. 바드레이 맞네."

지나가던 유저들은 광장에 서 있는 바드레이를 너무나도 쉽게 알아보았다.

'아니, 도대체… 위드는 중앙 대륙에서 조용히 잘도 돌아다녔었는데?'

순간 바드레이는 억울한 마음이 들었다.

그동안 사냥을 열심히 하여 살인자 상태도 벗어났는데 이렇게 쉽게 걸리고 말다니.

"와, 바드레이다."

"대박! 바드레이가 나타났어!"

막 로열 로드를 시작한 것으로 보이는 유저들이 몰려들었다.

'인해전술? 이곳은 모라타, 그렇다면 모두가 적이다.'

바드레이는 생존의 위협을 크게 느꼈다.

사실상 도망갈 곳은 어디에도 없다고 느낄 때였다. 초보 유저들이 종이를 꺼냈다.
“사인 좀요.”
“예?”
“바드레이 님, 사인 한 장만 해 주시면 안 돼요?”
“완전 대박. 저도 바드레이 님 팬이었는데. 위드 님이랑 바드레이 님이 제일 좋아요.”
“헤르메스 길드는 싫지만, 뭐 그래도 저도 그렇게 개인적으로 나쁜 감정은 없거든요?”
바드레이가 로열 로드를 상징했던 기간은 실로 길었다.
방송 출연도 자주 했었고, 헤르메스 길드의 친위대와 함께 던전 공략이나 사냥터 평정도 많이 해 왔다.
그 결과 북부 유저들도 바드레이의 사인을 받으려고 몰려드는 것이다.
“저기, 이름이……?”
“음, 죽순죽 얌냠이라고 적어 주세요.”
바드레이는 얼떨떨한 상태로 사인을 몇 장 해 주었다.
“자, 모두 정신 차리십시오! 우리는 아르펜 제국의 주민들입니다!”
누군가 큰 소리로 외쳤다.
‘역시 그러면 그렇지.’
바드레이가 남은 건 전투밖에 없다고 생각하는 순간!
“줄을 섭시다. 아르펜 제국의 자부심을 잊지 말고, 새치기는 절대 안 돼요!"

마구 모여들던 유저들이 질서 정연하게 긴 줄을 형성하고 똘망똘망 눈을 뜬 채 차례를 기다렸다.

"사막에는 작열하는 태양만큼이나 뜨거운 심장을 가진 검술의 부족이 있네."

퀘스트를 마치자 올슨은 자신이 알고 있는 부족에 대해 설명해 주었다.

"그들을 만나려면 어떻게 해야 합니까?"

"나도 모르네. 하지만 그들의 인정을 받는 법은 알고 있지. 고요의 사막에 있는 모래 폭풍을 부수는 것이네. 그것도 평범한 모래 폭풍으로는 안 돼. 태양의 눈을 부수어야 하네."

"흠, 그렇군요."

태양의 눈!

고요의 사막에 부는 모래 폭풍 중 몇몇 종류는 주민들 사이에 불리는 이름이 따로 있다.

그중에서도 태양의 눈은 가장 크고 위험한 것이었다.

"내가 말은 했지만 너무 무리한 업적이네. 그러니 거절한다고 해서 전사의 자부심이 상하는 일은 아니야."

띠링!

힘을 증명하라

고요의 사막에 일어나는 거대한 모래 폭풍, 태양의 눈!
위대한 사막의 대제 이후에 아무도 달성한 적이 없는 업적, 폭풍과 싸워 이겨라!
전사로서 역사적인 업적을 달성하면 사막에서 최강으로 꼽히는 태양의 부족이 찾아올 것이다.

단, 폭풍을 이기기 위해서 무기 하나 외에 어떤 방어구나 소모품도 허용되지 않음.

난이도 : A
제한 : 직업 전사.
사막 검술의 소유자.
보상 : 태양의 부족과의 만남.

위드에게 고요의 사막은 익숙한 곳이었다.

"태양의 눈과 싸워서 이긴다라……."

사막의 대제왕 시절에 폭풍을 베어 버린 적이 있다.

난이도 A라면 어렵지도, 쉽지도 않다.

물론 상황에 따라 난이도가 C 이하이더라도 죽을 위험은 있었고, 자연재해 같은 경우는 추측이 불가능했다.

"뭐, 귀찮긴 하지만 힘을 증명해 보죠."

―퀘스트를 수락하셨습니다.

위드가 다음으로 향한 장소는 메타페이아!

태양의 눈은 아무 때나 일어나지 않는다. 무작정 기다릴 여유는 없지만, 사막에 온 김에 해결해야 하는 중요한 퀘스트가 있었다.

사막의 패자

끝을 모르는 모래사막에는 팔로스 제국의 드넓은 영광이 묻혀 있다.
사막 전사들은 위대한 제국의 부활을 위한 안배를 해 놓았다.
전사들의 피에 흐르는 명예와 투쟁심.
사막에 사는 사람들은 모두 진정한 강자가 나타나 대제왕의 길을 걷기를 기다리고 있다.
사막 전사들의 뜻과 의지를 하나로 모으라.
사막의 시험을 통과한 그대가 부른다면 전사들은 기꺼이 아껴 두었던 칼을 꺼내 들고 따를 것이다.

난이도 : S
사막 퀘스트.
보상 : 대서사시 '팔로스 제국의 건국'으로 연결될 수도 있음.
퀘스트 제한 : 역사적인 사막 전사의 인정.

위드가 헤스티거가 남긴 문서에 의해 받아 놓고 있던 퀘스트였다.

이 퀘스트가 다음에 어떤 식으로 진행이 되는지도 검삼치를 통해 잘 알고 있었다.

팔로스 제국의 건국

위대한 사막은 하나로 통합되었다.
용맹한 전사들이여, 뜨거운 열사의 모래를 벗어날 때가 돌아왔다. 팔로스 제국의 영광이 있던 그곳으로, 강물이 흐르고 수풀이 있는 땅으로 돌아가자.
가장 많은 영토를 얻은 이가 팔로스 제국의 황제가 되리라.
최대 1년의 시간이 주어지게 됨.

난이도 : 지역 제패
보상 : 팔로스 제국의 황제.
퀘스트 제한 : 사막 전사 한정.

남부 사막 지대를 통합하는 팔로스 제국!

사막 유저들이 많진 않지만, 북부와 중앙 대륙이 통합되었으니 기왕이면 남부까지 하나로 뭉쳐야 하리라.

"대륙을 지배하는 대제국이라… 나쁘지 않지. 어쨌든 베르사 대륙을 완전 정복하면 유니콘사에서 상금도 준다고 했으니 말이야."

베르사 대륙의 패자!

대륙을 통일하면 유니콘사에서 상금도 빵빵하게 준다고 했었다.

사실 과거에는 명문 길드들이 저마다 대륙 통일을 부르짖으며 벌이던 전쟁의 명분이 되기도 했다.

북부 대륙에 아르펜이 생겨나지 않았다면 그 포상금은 전부 하벤 제국의 것이 되었으리라.

'이게 설마 내 몫이 될 줄은 몰랐는데.'

타다다닷!

위드는 마을에서 희귀한 쌍봉낙타를 구해서 사막 도시 바랑을 향해 무섭게 달렸다.

평소라면 돈을 아껴야 되지만, 케이베른 때문에 한시가 급하다.

천문학적인 금액이 내정으로 쓰인 이후에는 돈을 쓰는 데도 조금 과감해졌다.

200원까진 아니더라도 100원 정도 비싼 소금은 살 수 있는 상태.

—호칭 '고요의 사막을 걸은 자'가 발동되었습니다.
고요의 사막에서 이동속도가 45% 빨라집니다.
페트라의 은총으로, 전설의 오아시스까지 10배 빨리 도착합니다.

"이랴, 이랴! 마구 달려라!"

마을에서 산 쌍봉낙타는 무시무시한 속도를 냈다.

구릉을 단숨에 뛰어넘고, 끝없는 모래의 바다를 거침없이 달렸다.

"전설의 오아시스로 가자!"

고요의 사막을 걸은 업적 때문에 오아시스를 거쳐서 가는 길이 훨씬 더 빨랐다.

—번개 바람의 질주를 하고 있습니다.

방향을 바꾸지 않고 일직선으로 달릴 때, 가속도가 38% 추가됩니다.
장애물을 돌파하는 속도가 증가합니다.

푸흐헹!

"그래! 달려라, 달려!"

그렇게 거침없이 사막을 내달리고 있는데 마판에게서 귓속말이 왔다.

－위드 님! 바드레이가 모라타에 떴습니다.

뜨거운 태양 아래 끝없이 펼쳐진 모래사막, 그 황량한 풍경 속에서 갑자기 두 눈이 번쩍 뜨일 만한 소식이었다.

－습격인가요? 적 병력은요?

－아닙니다. 혼자서 온 것 같습니다! 본인도 놀러 왔다고 하는데, 위장하고 왔지만 딱 걸린 겁니다.

－정말입니까?

－예. 모라타의 상인들이 수색하고 있습니다만, 수상한 유저들은 보이지 않습니다.

위드는 바드레이의 배포에 적지 않게 놀랐다.

사실 평범한 헤르메스 길드 소속 유저들이 절대 북부로 오지 못하도록 막아야 한다는 생각은 없었다.

'와서 사람들 죽이면 자기도 죽겠지. 그리고 몰래 퀘스트나 하고 간다면… 뭐, 돈 쓰고 갈 테니 나쁜 건 아니잖아?'

그럼에도 베르사 대륙에서 최강자라 부를 수 있는 바드레이의 등장이라니!

-지금 상황은요?

-유저들이 사인을 받고 있습니다. 바드레이도 어쨌든 인기인이니까요.

-전투가 벌어지진 않았군요.

-지금까지는 그렇습니다.

로열 로드에서 위드를 제외하면 최고의 인기를 누리던 바드레이였다.

어쨌거나 무신이라는 별명으로, 모르는 유저들이 드문 유명인인 것이다.

-어떻게 할까요? 바드레이를 죽일 전투단을 모집할까요?

-전투단이라…….

-위드 님의 명령이라면 즉시 유저들이 소집될 겁니다. 바드레이에게 원한을 가진 사람들도 많고요.

위드는 썩 내키지 않았다.

바드레이가 목숨을 잃으면 레벨과 스킬 숙련도가 좀 하락하긴 할 테지만, 그렇다고 눈에 띄게 약해지는 것도 아니다.

경쟁자를 제거하려고 비겁한 짓을 했다는 비난도 두고두고 받을 테고, 무엇보다 다른 유저가 영광을 얻게 해 주고 싶지도 않았다.

바드레이를 죽인 이는 굉장한 명성을 떨치게 될 테니까.

중앙 대륙까지 지배하는 아르펜 제국의 정통성도, 따지고

보면 헤르메스 길드와 싸우고 바드레이를 이겼기 때문에 존재한다.

–그를 내버려 두세요.

–엇… 정말 그냥 보내 줍니까? 모라타에 들어왔는데요?

–관대함을 보여 주겠습니다.

위드의 입에서 평생 나올 거라 상상도 하지 못했던 단어의 등장!

–도대체, 관대함이라니요?

–딱 1개만 받고요.

바드레이는 모라타에서 동물원의 원숭이처럼 수십만의 유저들이 지켜보는 가운데 몇 시간 동안 사인을 해 주어야 했다.

언제 아르펜 제국의 고레벨 유저들이 대거 몰려와서 전투가 벌어질지 모른다는 불안감을 안은 채.

그렇지만 의외로 공격대가 동원되는 기색은 없었다.

'나를 내버려 두는 건가? 자신의 영역에 들어왔음에도?'

바드레이는 불안과 초조함 속에서도 끝없이 사인을 해야 했다.

"와, 잘생겼다."

"가까이에서 보니 미남이네. 분위기도 있고."

그러기를 한참!

챙긴돈이라고 자신의 이름을 소개한 상인이 다가와서 말했다.

"입고 있는 장비 하나 주세요."

"장비요?"

"싫으세요? 착용하고 있는 장비 하나 내놓으면 위드 님이 봐주라고 했어요. 모라타까지 와서 성의 표시도 안 하면 무슨 일이 벌어져도 장담 못 합니다?"

바드레이는 배가 볼록 튀어나온 상인의 말에 나직이 한숨을 쉬었다.

모라타는 정말 상상하기도 힘들 만큼 끔찍한 곳이었다.

무신이고, 얼마 전까지 황제였던 그가 이런 식으로 삥을 뜯길 줄이야.

"여기 있네."

바드레이는 비행과 환영 마법, 순간 가속, 은신의 기능이 있는 어깨 보호대를 내놓았다.

"오, 역시 대박 아이템!"

챙긴돈은 볼살을 푸들거리며 좋아하더니, 정중하게 고개를 숙였다.

"그럼 좋은 하루 되세요. 저녁은, 뱃고동의 레스토랑이 맛있습니다."

"알…겠네."

리버스가 로열 로드에 접속하며 처음 선택한 도시는 모라타였다.

"크흐흠, 그래도 이곳이 많이 봐서 익숙하긴 하니까. 여기가 바로 빙룡 광장이로군."

유병준 박사.

그는 직접 만들고 지켜본 로열 로드에 대해 해박한 지식을 가지고 있었기에, 다른 도시들은 고려 사항조차 되지 못했다.

"확실히 내가 만든 세상은 멋진 곳이야."

리버스는 숨을 크게 들이마셨다.

맑고 시원한 바람이 불어오고, 하늘은 아름다운 푸른빛이다.

깨끗한 물을 뿜어내는 분수대, 광장 바닥을 장식하는 돌까지도 예뻤다.

거리에는 멋들어진 석조 건물들이 지어져 있었으며, 멀리 빛의 탑이나 프레야 여신상 등이 우뚝 솟아 있는 광경도 참으로 좋았다.

"이곳이 로열 로드, 그것도 초보자들에게 최고의 풍경으로 꼽히는 곳이군."

모니터로만 보던 영상과는 느낌이 너무나도 달랐다.

온몸에서 느껴지는 생생한 감각. 직접 몸을 움직이고, 지나가는 행인들에게도 관심을 가질 수 있다.

상인들이 열어 놓은 좌판은 활기로 넘쳤다.

리버스는 분수대에 앉아서 사람들을 구경했다.

"하벤 제국군 방패요! 내구도가 27 남은 상태 그대로 팝니다!"

"직접 사냥한 사슴고기 있어요. 바비큐 요리법 가르쳐 드릴 수 있고, 소금도 그냥 드림."

"레벨 130 이하 장비류 한꺼번에 팝니다. 이번에 광렙해서 새로 맞추면서 처분하는 거예요. 싸게 싸게 팔아요."

"정체불명의 약병 있습니다. 전쟁터에서 습득한 건데 감정이 안 되네요."

광장 구경을 실컷 하긴 했지만 마음 한구석이 허전했다.

현실에서는 세계 최고의 부자지만, 지금 가지고 있는 건 보리 빵 10개와 물이 전부.

"이래서 사람들이 현질을 하는 거군."

리버스는 바로 이해할 수 있었다.

맛있는 음식을 먹거나 좋은 장비를 착용하고 싶은 것은 당연한 욕구였다.

현질이 싫다면 상점에 취직하거나 퀘스트를 하며 벌면 되지만, 리버스는 그보다 더 높은 곳을 바라보고 있었다.

"위드도 했는데… 나라고 못할 게 뭐란 말인가."

로열 로드를 시작하기로 했지만, 막상 접속이 늦어진 건 시시하다는 생각 때문이었다.

그는 로열 로드에 대한 폭넓은 지식을 가지고 있었고, 소위 말하는 랭커들의 과거도 지켜보았다.

'그들이 걸어간 길만 따라가더라도 쉽게 강해질 수 있지.'

남들보다 압도적으로 빨리 성장할 자신이 있었다.

'퀘스트? 그게 뭐가 힘들단 말이야? 관련 지식을 가지고 있으면 할 수 있을지 없을지 판단하기가 쉽지. 그리고 정해진 일을 하면 되는 거야.'

리버스는 느긋하게 수련장으로 향했다.

'일단 위드를 좀 따라 해 볼까? 썩 마음에 들진 않지만 그래도 그 녀석이 지금은 최고이니…….'

모라타의 수련장!

목검을 휘두를 수 있는 곳은 유저들로 붐볐다.

위드가 황제가 된 이후에 수련장이 많은 인기를 끌고 있었다.

교관이 리버스를 보고 다가왔다.

"검을 배우러 왔군! 무릇 검이란 자신의 육체를 다스리고 적을 물리치는 가장 훌륭한 수단이지."

"알고 있다."

리버스는 이어지는 교관의 말을 딱 끊어 버리고 허수아비

앞에 섰다.

'4주 동안 치면 된다고? 지루하긴 하지만 쉬운 일이군.'

퍽! 퍽! 퍽!

고작 5분 지났는데 벌써 몸이 힘들었다.

로열 로드에 들어오고 나서 완전히 새로운 육체를 얻었다. 노인의 몸이 아니기에 상쾌하기 짝이 없었지만, 체력이 줄어들면서 온몸이 힘들어졌다.

30분이 지났다.

'더 해야 돼. 이대로만 하면 스텟이 오를 텐데…….'

지금까지 살아온 인생에 대한 자존심 때문에 더 버텼다.

피로도는 계속 심해지고, 팔다리가 부들부들 떨렸다. 게다가 배까지 고팠다.

리버스는 당장 목검을 집어 던지고 싶었다.

'아니, 이 힘든 걸 위드 그놈은 도대체 어떻게 해낸 거지?'

The Legendary Moonlight Sculptor

드래곤의 공격

밀리암 요새.

성벽에 서 있는 유저들은 대지를 새까맣게 물들이며 다가오는 몬스터 군단을 볼 수 있었다.

몬스터들이 움직일 때마다 땅이 흔들리며 떨림이 전해져 왔다.

"으… 저것들이 공격을 해 온단 말이지."

"막을 수 없어."

가르나프 평원으로 몰려갔다가 아직 고향으로 돌아오지 않은 유저들이 많았다.

밀리암 요새의 유저들은 현재 5,000여 명.

평소 3만 명이 넘는 유저들이 요새를 중심으로 활동했던 걸 떠올려 보면 확 줄어든 숫자였다.

—크오오오오!

—인간의 육체를 찢어라. 먹어라!

몬스터 군단의 선두에는 부쳐라는 이름의 괴물이 있었다.

무시무시한 레벨 700대의 던전의 주인으로, 크고 기괴한 몸에 검은색 피부를 가졌다.

—부서져라!

부쳐가 양날도끼로 요새의 벽을 두드렸다.

그럴 때마다 굉음이 울려 퍼지며 성벽의 일부가 허물어졌다.

"이건 안 되겠네. 우리도 도망치자."

"그게 좋겠어."

밀리암 요새의 유저들은 뒤쪽 성문을 통해서 우르르 빠져나갔다.

—인간을 다 죽여라!

부쳐가 허물어뜨린 성벽으로 몬스터들이 빠르게 다가왔다.

길게 털이 나 있는 8개의 다리를 움직이며 성벽을 거침없이 타고 올라가는 몬스터들.

땅을 파고들어 요새 내부에서 솟구치는 몬스터들도 있어서, 미처 도망치지 못한 유저들은 속절없이 목숨을 잃었다.

—밀리암 요새를 상실했습니다.

아르펜 제국의 국가 명성이 2 줄어듭니다.
밀리암 요새 인근 지역의 주민 충성도와 치안이 모두 크게 하락합니다.
인근 지역 몬스터들의 활동이 활발해질 것입니다.

아르펜 제국은 중앙 대륙에 있는 밀리암 요새를 얻고, 일주일도 안 되어서 몬스터에 의해 상실했다.

국가 명성은 외교적인 이익, 특산품이나 기사들의 충성도를 비롯해서 다양한 분야에 영향을 미치게 된다.

사반트 마을.

안톤 요새.

도시 소벤.

불과 하루 사이에 몬스터들에 의해 정복된 지역들이었다.

케이베른의 활동이 몬스터들의 흉성을 깨우면서 베르사 대륙이 위험에 빠지고 있었다.

"만나게 되어 영광입니다, 위드 님!"

"음… 아르펜 제국의 기사가 되어 주신다면 좋은 일이죠."

"이곳에서 만나니 반갑습니다. 사막의 대제왕 퀘스트는 정말 감명 깊게 봤습니다. 사막도 사실 위드 님이 아니었더라면 오지 않았을 곳입니다."

바랑.

사막의 대도시, 뛰어난 유저들이 모여 있는 장소에서 위드는 협상을 벌였다.

그들을 아르펜 제국 소속으로 받아들이고, 각자 거느린 부족을 인정하는 방식이었다.

큰 야심을 가진 이들이 있을지도 모른다고 걱정했지만 사막 지역의 유저들은 반발이 전혀 없었다.

"핫핫, 위드 님은 가진 돈을 다 털어서 지역을 발전시켜 주시잖아요. 중앙 대륙처럼 사막도 발전시켜 주세요!"

"크윽."

"사막에는 돈을 얼마나 투자하실 건가요? 사막을 관통하는 커다란 강이 하나 정도 있었으면 좋겠어요."

"가, 강이라니……."

"유원지요! 유원지 만들어 주세요. 사람들이 많이 놀러 오게요!"

위드의 인기는 사막에서도 절정!

검오치와 수련생들은 고민 한번 안 해 보고 아르펜 제국으로의 완전한 합류를 결정했다.

소속 전사들과 부족민들의 지배권까지 가볍게 넘겨주려고 했다.

"사나이는 의리 아니냐, 의리."

"그렇죠. 언제 죽을지도 모르는 인생인데, 멋지게 살아야 됩니다."

위드는 수련생들이 데려오는 부족민들을 보며 나직이 한숨을 쉬어야 했다.

"이 정도로 개판일 줄이야."

검오치와 다른 수련생들은 내정에 대해서는 티끌만큼도 관심을 쏟지 않았다.

그저 부족민이 굶어 죽을 것 같으면 어디서 대충 식량이나 구해 오는 정도였다.

위드는 치안도 낮고, 기술은 아예 없으며, 재산이랄 것도 존재하지 않는 가난한 부족들을 모두 떠맡게 된 것이다.

결국 마판에게 귓속말을 보내야 했다.

-사막으로 급히 식량과 생활용품 운송 부탁드립니다.

-지금 케이베른 때문에 식료품 가격이 오르고 있는데. 얼마나요?

위드는 힐끗 주위를 둘러보았다.

모래밭에 앉아 있는 이들이 끝도 없이 눈에 보였다.

낙타와 양을 데리고 있는 사막의 부족민들은 모래 구릉 너머에도 있었다.

-꾸준히 10만 명은 먹여야 될 것 같군요. 운송이 가능할까요?

-네, 됩니다. 근데 위드 님, 자금이 별로 없으실 텐데…….

-외상 되겠죠?

-외상 좋죠. 근데 이자가 매주 3%씩 붙습니다.

-우리 사이에…….

－줄 것은 주고, 받을 것은 받아야 오래가는 사이라고 위드님이 말씀하셨죠.

－기억력이 좋으시군요.

－그리고 또 말씀하셨습니다. 돈거래에는 부모 형제도 없다고요.

－…….

위드는 차마 외상은 쓰지 못하고, 가르나프 평원 전투에서 얻은 헤르메스 길드원의 장비를 넘겨주기로 했다.

> －방대한 영토와 다수의 부족들이 당신을 지지하고 있습니다.
> 팔로스 제국의 건국에서 일곱 번째의 영향력을 가지고 있습니다.

영향력 첫 번째와 두 번째는 검치와 검둘치였는데, 그들은 여자 친구들과 같이 북부에서 사냥을 하고 있었다.

이미 남부 사막 지역의 합병은 결정 난 것이나 다름없는 상태.

검오치가 씩 웃으며 말했다.

"막내야, 이제 어디 갈 거냐?"

"북쪽을 다녀와야 되겠습니다."

고요의 사막에서 태양의 눈이 일어나려는 조짐이 있었다.

사막의 밤이 붉게 변하고 하루나 이틀 정도 지나면, 태양의 눈이 생성되어 몰아치기 시작한다.

위드는 고요의 사막에서 머무르며 기다릴 수만은 없는 처지였다.

"사막을 완전히 떠나는 것이냐?"

"태양의 눈이 생기면 와서 폭풍을 부수고, 태양 부족을 만나게 될 겁니다."

"태양 부족이라… 이야기 들어 본 적이 있다. 사막에서는 제일 강한 부족이라던데."

"그래 봐야 별거 아닐 겁니다."

"물론이지. 우리가 최고 아니겠냐."

바드레이는 모라타에서 유저들에게 질리도록 사인을 해주고서야 겨우 벗어날 수 있었다.

'어서 가자. 모라타 쪽으로는 두 번 다시 오지 말아야지.'

드넓은 북부 대륙.

케이베른 때문에 몬스터들이 늘어나면서 필드에서 유저들을 만날 일이 드물어졌다.

"가자, 이 녀석."

음머어어어.

모라타에서 구입한 황소를 타고 북서쪽으로 쭉 이동했다.

던전 내부에만 머무르던 기괴하게 생긴 몬스터들이 가끔

길을 막았지만, 바드레이의 걸림돌이 될 정도는 아니었다.

"다른 하나의 검."

검술의 비기.

검을 소환하여 날리며 그대로 돌파한다.

몬스터가 나타나자 겁쟁이 황소는 깜짝 놀랐지만, 주인이 강하다는 것을 금방 깨달았는지 다음부터는 경쾌하게 네 다리를 움직였다.

바드레이는 소를 타고 가면서도 기가 찼다.

'말보다 소라니… 내가 이런 걸 타게 될 줄이야. 평균속도는 느리지만 진흙탕도 잘 통과하고 힘이 좋군.'

북부의 황소는 승차감도 상당히 안정적인 편이었다.

돈이 많기 때문에 비싼 황소를 구입했는데, 그때 마판 상단의 모라타 담당자가 말했었다.

"위드 님이 타고 다니는 누렁이 있잖습니까? 그 녀석의 새끼의 새끼입니다. 그러니까 혈통이 제대로죠! 많이 먹는다는 흠이 있지만, 체력과 힘 하나는 기가 막힙니다."

당시엔 대충 흘려들었지만 여행을 가면서 알 수 있었다.

잠시 풀어놓으면 근처의 풀을 전부 뜯어 먹고 숲으로 들어간다.

쾅! 쾅!

나무를 뒷발로 차서 열매가 떨어지면 그것까지 먹었다.

빠지지직!

어쩌다 힘 조절이 안 되면 굵은 나무들이 그대로 부러지기도 했다.

'겁이 많아서 문제지만 전투용으로도 기가 막히겠군. 레벨이 높아지면 탈것에 의존하지 않긴 하지만.'

바드레이는 얼마 전까지 타고 다니던 말에 대한 소식도 들었다.

"수아트는 잘 지냅니다."

"수아트?"

수백만 마리 중에 1마리 정도로 희귀한 확률로 탄생한 명마.

숱한 사냥터를 함께 돌아다녔으나, 위드에게 패배하고 잃어버린 말이었다.

"아, 괜히 말했나요? 궁금해하실 것 같아서요. 목장에서 잘 지냅니다. 몸에 좋은 것도 잔뜩 먹이고 있고, 암컷 말들과도 사이가 좋아요. 북부에도 말이 달릴 초원은 널려 있어서 본격적으로 번식을 시키려고 합니다."

덤으로 모라타에는 양치기나 목동의 직업을 가진 이들이 꽤 많다는 이야기도 들었다.

아르펜 제국의 황제가 조각사이니 어떤 직업이라도 귀천이 있을 수 없다.

바드레이는 북서쪽으로 황소를 타고 달리면서 생각했다.

'다음 승부는 반드시 이긴다. 그리고… 위드가 전사가 되

었다고? 나 역시 더 강해질 것이다.'

그는 훗날 벌어지게 될 승부에서의 필승을 다짐하고 있었다.

북부 대륙에서도 북서쪽 끝.

죽음의 계곡과 푸르골 요새를 지나니 날씨가 점점 추워졌다.

음머어어어어.

"이걸 덮어라."

바드레이는 방한 기능이 있는 마법 망토를 황소에게 씌워 주었다.

위드라면 견디다 보면 덜 춥다고 했겠지만, 바드레이는 의외로 이런 쪽에서는 자비심이 있었다. 정복 전쟁을 할 때 적들에게는 가차 없었지만.

큰 덩치의 바바리안들이 사는 마을에 도착했다.

"멈춰라. 여긴 아무나 들어올 수 있는 곳이 아니다."

헤르메스 길드에서 입수한 1급 정보.

철혈의 워리어로 전직할 수 있는 바바리안 마을이었다.

용아병의 지휘 아래 인간들의 땅을 공격하기 위해 바르크 산맥을 넘는 몬스터의 무리는 계속 덩치를 불려 가고 있

었다.

케륵!

꾹. 끄윽!

자잘한 몬스터들도 수없이 많지만, 요새와 도시를 파괴할 정도 규모의 무리는 총 11개.

토르 주변에 4개의 무리가 결성되고 있었으며 브리튼, 하벤, 툴렌에서도 하나씩 만들어지고 있었다.

하벤이야 막강한 전투력을 가진 헤르메스 길드가 알아서 막아 낼 수 있겠지만 나머지는 아르펜 제국에서 해결해야 했다.

쏴아아아.

진군하는 몬스터들의 머리 위로 검은 비가 내렸다.

맑은 새소리를 들을 수 있던 울창한 숲, 나뭇잎들이 노랗게 변해서 떨어졌다.

로열 로드를 하는 유저들이 모두 놀라고, 방송국들도 이 현상에 주목했다.

"오주완 씨, 이게 무슨 일이죠? 하늘에서 석유처럼 검은 비가 내리잖아요."

"석유처럼 검은 비라… 색깔은 비슷하지만 내용은 다릅니다."

"어떻게 다를까요?"

"농도는 약하지만 썩은 물이라고 할까요. 오염된 비가 내리고 있습니다. 대륙의 식물들이 괴로워하거나 죽어 가고 있고요."

"갑자기 왜 이런 일이 벌어졌을까요?"

"정확한 사실은 모르지만 짐작은 할 수 있죠. 케이베른 때문으로 보입니다. 블랙 드래곤의 특성으로 보이는데… 독을 퍼뜨리는 것으로 추측됩니다."

한 지방을 다스리는 대영주들. 그들이 퀘스트에 케이베른의 저주받은 비가 내린다는 문구가 있었다는 내용을 밝히면서 가설을 확인해 주었다.

"대륙의 위기는 케이베른이나 몬스터들을 막아야만 끝날 것으로 보입니다."

"식물들이 다 죽는다니… 너무 끔찍하네요."

"그렇습니다. 다행히 엘프들의 숲 나무들은 피해를 입지 않는다는 보고가 있었습니다."

-인간들은 살아갈 가치가 없다!

예정된 일주일이 지나고, 블랙 드래곤 케이베른이 소므렌 자유도시에 등장했다.

왕국의 수도는 아니었지만 거대한 상업 도시로, 많은 유저들이 살아가는 터전이었다.

"우악, 진짜 드래곤이다."

"무지막지하게 커."

소므렌 자유도시에는 아르펜 제국의 이름으로 일찌감치 대피령이 내려져 있었다.

도시를 포기하기 위해, 에바루크 성의 전례에 따라 보물이나 값이 나가는 물자들은 마음껏 가져갈 수 있도록 했다.

"여러분을 지켜 드릴 수 없어요. 모두 이 도시에서 벗어나세요!"

서윤이 직접 와서 대피 계획을 총괄하기도 했지만 심각한 부작용이 발생!

"예쁘다."

"진짜 이뻐. 비현실적인 외모 아니냐?"

"어떻게 보면서도 안 믿기냐. 실물은 더 예쁘다는데… 하아."

넋을 놓고 멍하니 서윤을 바라보기만 할 뿐, 도통 떠나지를 않는 유저들!

결국 서윤이 자리를 비우고 나서야 대피가 차근차근 이루어졌다.

그럼에도 일주일 사이에 도시의 모든 것을 옮겨 가기는 무리였다.

특히 유저들의 약 20%가 그대로 남는 것을 선택했다.

도시와 운명을 함께하기로 결정.

소므렌 자유도시에는 초보 시절부터 쭉 이곳에서만 살아가던 유저들이 많았다.

"공격합시다!"

"예, 물러서지 말아요!"

유저들은 건물의 지붕에 서서 드래곤에게 화살과 마법을 날렸다.

대부분은 채 닿지도 않았지만, 어쩌다 적중되는 것들도 드래곤에게 피해를 입히기는 힘들었다.

-어리석은 놈들!

블랙 드래곤 케이베른이 강렬한 드래곤 피어를 터트렸다.

레벨이 낮은 유저들은 그대로 사망하고, 높은 이들이라고 해도 공포와 마비 현상이 발생.

케이베른은 소므렌 자유도시 위를 유유히 한 바퀴 돌았다. 그리고 마법을 시전했다.

-남김없이 타 버려라!

시커먼 먹구름이 몰려오더니 화염의 비가 내렸다.

활활 타오르는 불덩어리들이 구름에서부터 지상까지 떨어지는 것은 놀라운 광경이었다.

"말도 안 돼."

"피할 곳도 없잖아."

도시를 파괴하는 화염의 비.

영상으로 볼 때와 직접 겪는 것은 차원이 달랐다.

도시의 아름다운 건축물들이 시커먼 연기를 뿜어내며 타올랐다. 화염이 건물 전체를 뒤덮고 나면 얼마 후에는 형체를 잃어버린 채 무너진다.

-인간의 흔적 따위는 모조리 사라져라!

조각상과 분수대가 있던 중앙 광장도 케이베른에 의해 짓밟히고 부서졌다.

소므렌 자유도시를 지키기 위해, 자신이 사랑하는 고향의 마지막을 보기 위해 남은 유저들이 목숨을 잃었다.

소므렌 자유도시에서 일어나는 검은 연기는 수십 킬로미터 떨어진 곳에서도 볼 수 있을 정도였다.

드래곤의 복수

악룡 케이베른은 인간들의 문명을 파괴하기 위해 움직이고 있다.
정령과 요정이 다시 경고하고 있다.
"일주일 후에 케이베른이 힐쉐이드로 향하게 될 거예요."

옛 아이데른 왕국의 수도 힐쉐이드.

많은 유저들이 근거지로 삼고 있는 도시였고, 이곳 역시 발전도가 높았다.

위드는 소므렌 자유도시를 지킬 수 없었다.

헛되이 죽을 수는 없었기에 일부러 가지 않았지만 그래도 마음이 아팠다.

김이 모락모락 나는 밥그릇에 냄새나는 도마뱀이 먼저 숟가락을 올린 것처럼.

"내 땅을 침범하는 녀석들을 전부 쓸어버려라!"

"알겠다, 주인!"

북부의 바르고 성채로 가서 언데드들을 일으켰다.

베르사 대륙을 위협하는 11개의 초대형 몬스터 무리.

북부에만 용아병들이 이끄는 4개의 몬스터 무리가 생성되었으니 그것들이 도시를 정복하기 전에 해치워야 했다.

"다들 화살을 쏴라!"

"성벽 밖으로 나가지 말고 자리를 지키세요! 오늘은 밤새도록 싸워야 합니다."

바르고 성채는 유저들이 모여들어 공성전을 치를 준비가 끝나 있었다.

북부 대륙은 변변한 요새가 드물었다. 몇몇 지역만 뚫리고 나면 몬스터들이 퍼져 나가, 한창 성장하고 있는 중소 규모의 마을들이 그대로 짓밟히게 된다.

평야가 유독 넓기도 해서 곡창지대의 손해도 돌이킬 수 없었다.

"원거리 공격이 되는 녀석들은 제가 먼저 저격하겠습니다."

"산에서는 화염 마법을 못 써서 너무 아쉽네. 그렇지만 바

람의 마법이 있지!"

페일, 로뮤나도 동참했다.

하벤 제국군을 격파하고 난 이후부터는 중앙 대륙의 고레벨 유저들도 북부에 많이 돌아다녔다.

하늘에는 와이번들이 소환되어 날아다니고, 조각 생명체 위드일, 위드이, 위드삼도 도착했다.

위드의 분신들은 전투 회의를 열었다.

"전투란 장사랑 비슷하지. 몬스터의 뒤통수를 치고 버는 거야."

"음. 머리끝에서 발끝까지 몽땅 챙겨 주자."

"푹 끓이면 맛있게 생긴 녀석들이군."

분신들은 성벽 위에서 욕심 많고, 불평 많고, 그러면서도 성실하게 몬스터들을 해치웠다.

검이나 창, 도끼 등의 모든 무기들을 적당히 다루고, 생산 스킬도 폭넓게 익혔다.

580대의 레벨을 가진 만큼 육체적인 능력은 강했지만, 아쉽게도 검술의 비기나 조각술 최후의 비기 등을 활용하진 못했다.

'놈들을 잘 가르쳐야 되겠군. 훌륭한 일꾼 역할을 해내겠어.'

위드는 조각 생명체들의 상황도 살피면서 바르고 성채의 전투를 이끌었다.

언데드들을 소환하는 것만으로도 이런 전투에서는 공격과 수비의 역할을 함께 해낼 수 있었다.

"드워프들은 쌓여 있는 철로 어서 화살을 만들어! 성벽이 무너지기 전에 너희를 투입할 일은 없다!"

"인간이 명령을 내리다니 불쾌하군."

바르고 성채 인근에 사는 드워프들도 전투가 벌어졌다면서 잔뜩 몰려와 있었다.

드워프들은 전투를 좋아하진 않아도 외부의 침략에는 단호하게 맞서는 종족이었다.

새로 온 드워프들이 말했다.

"저 키 크고 볼품없어 보이는 녀석이 황제라고?"

"우리보다 큰 거지, 인간들 중에서는 큰 것도 아니야."

"고작 인간 주제에……."

"언데드나 몰고 다니는 걸 보니 제국의 멸망도 머지않은 것 같군."

"인간들이 다 그렇지 뭐."

야박한 황제 대접!

높은 지위에 카리스마, 명예, 명성, 통솔력 스텟이 많더라도 꼬장꼬장한 드워프들을 다스리기란 쉬운 일이 아니었다.

드워프들은 어떤 불이익을 당하더라도 자기들 좋은 대로 사는 종족인 것이다.

제대로 된 황제 대우를 못 받기는 했지만, 위드는 굳이 라

면도 못 끓일 자존심 때문에 드워프들과 사이가 나빠지길 원치 않았다.

"전투 끝나고 통돼지 바비큐에 시원한 맥주 파티 열 테니까 화살을 만들어 달라고."

"크흠, 그런 조건이라면 진작 말하지 그랬나."

"안 그래도 쇳덩이를 다루고 싶었지."

"풀무질을 하며 흘리는 땀방울에는 시원한 맥주가 최고지."

"황제의 자격이 충분하군."

드워프들이 몬스터를 꿰뚫을 수 있는 강철 화살 제작을 바로 시작했다.

위드는 바르고 성채의 성벽에 의존하여 몬스터를 막아 내고 있었다.

유저들의 도움이 있기에 전면전에도 승산이 보이긴 하지만, 굳이 피해를 키우고 싶지 않았다.

'가능한 1명도 죽지 않는 싸움이 되어야 해. 죽으면 손해지.'

어디까지나 아르펜 제국의 세금 확보를 위해, 피해를 줄여야 했다.

위드가 사자후를 터트렸다.

"부상자들은 이쪽으로! 붕대를 감아 줄 테니까 모여라!"

언데드들에게 싸우도록 지시하며, 부상자들에게는 휴식도 주었다.

과거에 규모는 작지만 로자임 왕국 병사들을 이끌었던 기억도 나고, 오크, 다크 엘프와 함께 불사의 군단과 싸웠던 경험도 있었다.

"붕대라니 무슨 소리야. 회복 마법이면 금방 낫는데."

"쉿, 위드 님은 저주나 뿌릴 줄 알지, 그런 건 못해."

"붕대 감기 마스터라는 소문이 있던데……."

"노가다는 뭐든 잘하지. 하지만 그래 봐야 붕대잖아."

전투 중에 다친 이들은 사제들에게 가서 회복을 받았다.

아르펜 제국을 돕기 위해 프레야 교단, 루의 교단, 미네의 교단에서도 넉넉하게 지원을 나와 있었다.

자유를 꿈꾸는 조인족들.

천공의 도시 라비아스에서 태어난 그들은 북부 대륙을 누비고 다녔다.

암스 : 여기는 독수리 17호. 지상 나와라.

소리새 : 지상이다, 오버.

암스 : 몬스터 군단 발견. 개체 수 500 이상으로 파악. 위험 등급 2급으로 분류.

조인족들이 북부 대륙 몬스터들의 움직임을 파악했다.

산이나 숲에서는 발견하기 어렵더라도 평야 지대에 나오면 어김없이 조인족들의 눈에 띄었다.

암스 : 현재 위치는 감꽃 마을에서 동쪽으로 1시간 정도 날았다. 피리내 협곡이 보이고… 날른 평야의 삼각 지점. 몬스터들의 진행 방향으로는 작은 마을이 하나 보인다.

소리새 : 그 위치라면… 어디 보자. 사피아 개척 마을이다.

암스 : 매우 위험해 보이는데.

리콘 : 다른 지역의 몬스터들로 인해 출동시킬 병력의 여유가 없다. 1시간 이상 몬스터들을 다른 곳으로 유인해야 할 것 같다. 암스, 위험한 임무인데 맡을 수 있나?

암스 : 본인은 미 해군 파일럿 출신이다. 천천히 와라. 느긋하게 지원을 기다리겠다.

통통하게 살이 오른 독수리가 땅으로 낮게 내려갔다.

쐐애액!

독수리를 발견한 몬스터가 도끼를 던졌지만 가볍게 날개를 떨치며 피했다.

"잘 따라와 봐라, 멍청이들아!"

쿠아악!

몬스터들은 제대로 화가 나서 독수리를 쫓아갔다.

조인족들은 일찍부터 아르펜 제국의 일원이라는 자부심이 있었다.

위드에 대한 믿음으로 가득 차, 전쟁이 벌어지면 항상 하늘에서 맹활약을 했다.

팔라우 : 형제들이여, 모두 기뻐하라. 위드 님께서 이번에 온천을 만들어 주셨다.

도틴 : 온천?

팔라우 : 라비아스가 높아서 춥잖아. 특히 찬 바람이 불 때는 장난 아니고. 예전에 모라타에서 우리를 위해 따뜻한 온천이 있으면 좋을 것 같다고 이야기를 한 적이 있었어.

킨 : 그래서?

팔라우 : 위드 님이 만들어 준다고 약속하셨지. 그냥 지나가는 말인 줄로만 알았는데… 그걸 기억하고 이번에 만들어 주셨어.

씬스 : 멋지네. 난 막 알에서 나온 초보라서 돈이 없어서 못 가지만… 나중에는 꼭 이용해야지.

팔라우 : 온천 이용 요금은 없어. 조인족들이 춥지 말라고 만들어 준 따뜻한 시설이라고.

벤자민 : 크윽! 충성, 충성! 역시 위드 님이구나.

물론 위드는 그런 약속 따위는 까맣게 잊어버렸다.

만약에 직접 만들었다면 입장료를 받고, 돈이 부족하다면 깃털까지 뽑아 갔을 일!

서윤이 그 약속을 기억하고, 아르펜 제국에 대규모 투자를 할 때 지킨 것이었다.

라비아스에는 위대한 건축물인 바람의 둥지도 함께 건설되고 있었다.

The Legendary Moonlight Sculptor

몬스터 방어전

바르고 성채의 푸른 하늘.

빙룡이 날개를 펼치고 날았다. 얼음으로 된 피부에 햇빛이 비치며 황홀할 정도로 아름다운 빛깔을 자아내고 있었다.

"빙룡이 왔다!"

"지원군이다!"

바르고 성채의 성벽을 지키던 엘프와 바바리안, 인근의 사냥꾼이 환호를 질렀다.

빙룡은 날개를 크게 펄럭이며 성벽 너머의 땅에 내려앉았다.

쿠우우웅!

조금 떨어져 있는 성벽이 떨릴 정도의 육중한 충격이 전달

되었다.

"치잇, 케이베른 님의 위대한 모습을 본뜬 생명체라니… 죽여라!"

몬스터들을 지휘하던 용아병이 명령했다. 그러자 바르고 성채를 공격하던 몬스터들이 목표를 바꾸어서 빙룡에게 달려들었다.

"겨울의 속박."

빙룡은 마법을 사용했다.

가까이 있던 몬스터들의 발목에서부터 점점 얼음이 차올라 가며 얼어붙었다.

"얼음 칼날."

빙룡이 앞발을 휘두르자, 20미터 정도 되는 얼음의 칼날이 날아가며 몬스터들을 한꺼번에 덮쳤다.

"쿠엑!"

"엄청나게 강하다."

처음 태어났을 때 빙룡은 몸을 가누기도 힘들 정도로 힘과 체력이 낮았고, 마법력도 약해서 보잘것없었다.

그야말로 생명을 부여한 게 후회될 정도의 총체적인 난국이었다.

오죽하면 그 이후로 위드가 한동안 대형 생명체에 생명을 부여하는 일을 금기시했을까.

하지만 꾸준히 성장을 하고 나니 얼음과 마법의 속성을 가진 덕에 조각 생명체들을 대표할 정도의 전투력을 발휘했다.

"흩어져서 공격해라!"

몬스터들이 다시 빙룡에게로 몰려들었다. 적어도 수백 마리는 되어 보였지만, 빙룡에게 다가갈수록 낮아지는 온도 변화에 힘겨워했다.

한겨울의 산에서나 불 것 같은 찬 바람은 체온을 빼앗았고, 걸음을 걸을 때마다 발바닥이 얼음에 닿은 듯이 땅에 달라붙었다.

"차가운 안개."

빙룡이 또다시 마법을 사용하자 몬스터들 사이에 자욱한 안개가 끼었다.

시야를 가리고 온도를 낮추는 효과가 있는 얼음 계열의 마법.

"눈보라."

빙룡은 블랙 드래곤 케이베른처럼 근접전을 원하지 않았다. 태어나면서부터 안전을 최우선으로 여기는 사냥 방식을 고수.

보통 상황이라면 몬스터들이 있는 지상으로 내려오지도 않았으리라.

하늘에서 적당히 싸우는 것이 가늘고 길게 가려는 그의 방식에는 딱 걸맞았으니까.

"지상으로 내려가. 그리고 싸워."

여기에는 이해할 수 없는 위드의 명령이 있었다.

빙룡이 그 이유를 물어보니, 역시 알 수 없는 대답을 했다.

"요즘 네 인형이 엄청 잘 팔려. 어린이들을 위한 빙룡 킥보드랑 빙룡 세발자전거도 출시 예정이야. 이럴 때 방송 출연 좀 팍팍 해 줘야 되지 않겠어?"

조각 생명체 중에서 언제나 5등 안에 드는 인기의 빙룡!

빙룡은 자신이 쓸 수 있는 최고의 마법을 서둘러 사용했다.

자욱한 안개 속에서 눈보라가 몬스터들을 덮치면서 저항력이 낮은 놈들을 그대로 죽음으로 몰고 갔다.

그리고…….

"쑤읍하아아아아!"

빙룡은 거침없이 브레스를 넓게 뿌렸다.

가까이 있는 몬스터들부터 연쇄적으로 얼음덩어리가 되어 갔다.

"그만하면 됐어!"

빙룡은 주인의 목소리가 들리자마자 미련 없이 하늘로 날아올랐다.

몬스터들은 목숨을 잃은 후에, 얼음덩어리를 몸에 단 채로 언데드가 되어 다시 움직였다.

-경험치를 습득하셨습니다.

-경험치를 습득하셨습니다.

—경험치를 습득하셨습니다.

…….

—영웅적인 전투 업적!
바르고 성채 주민들의 충성도가 오르고 있습니다.

위드는 몬스터들을 상대로 공성전을 이끌면서 경험치를 쓸어 담았다.

던전 사냥에 비해 3~4배로 효율도 높고, 명성이나 전투 공적을 쌓기도 좋았다.

언데드 소환 외에도, 성벽의 높은 곳에 서서 쏘는 화살들은 몬스터들의 목을 그대로 꿰뚫었다.

"흠, 이쪽은 대충 정리가 되겠군."

전장을 한차례 살펴본 후, 위드는 승리를 확신했다.

레벨 500~600대의 몬스터들이 언데드들을 밀치고 쳐들어와서 성벽을 두드리고 있었다.

쿠웅! 쾨아앙!

성벽이 흔들릴 정도의 파괴력을 보이는 녀석들에게는 마법사들과 궁수들이 집중 공격을 하면서 하나씩 잡아들였다.

"만세!"

"해치웠다. 내가 잡았다고!"

성벽을 지키는 유저들의 사기는 높았다.

기본적으로 바르고 성채는 높은 산맥을 끼고 있는 단단하기 짝이 없는 요새였고, 북부 유저들은 끊임없이 모여들어 전투에 참여했다.

위드가 어느 곳에서 싸운다는 소식을 들으면 벌 떼처럼 모여드는 유저들!

그렇게 바르고 성채에서 치열한 격전을 펼치며 몬스터 군단을 물리치는 사이, 그보다 더 북쪽 지역에서도 전투가 벌어졌다.

"모두 힘을 내요!"

서윤이 킹 히드라와 불사조, 데스웜, 이무기, 가르나프 평원에서 생명이 부여된 초대형 조각 생명체들을 이끌고 참여했다.

마법병단을 해치웠던 북부의 정예 유저들과 함께 추운 벌판에서 몬스터들을 격퇴했다.

쉽지 않은 승부였지만, 빙룡을 제외한 초대형 조각 생명체들이 총동원되어 있었다.

"전부 없애라."

바라그들은 벤트 성으로 향하는 두 갈래의 몬스터들을 맡았다.

그들은 훌륭한 공중 전력이었기에 불을 내뿜으면서 차근차근 몬스터들의 숫자를 줄여 놓았다.

벤트 성의 유저들이 성벽 가까이 다가온 몬스터들을 상대하기 위해 나섰을 때에는 이미 그 숫자가 삼분의 일 이하로 줄어든 상태였다.

그 외에도 북부 대륙을 떠도는 몬스터들은 많았다.

주요 도시들을 제외하면 요새와 성벽 등으로 제대로 방어선이 형성되어 있지 않기에 조인족들과 건축가들의 협력이 이어졌다.

"몬스터들이 다가오면 산사태를 일으키세."

"그게 맞겠죠?"

"바위산이라서 효과가 아주 클 거야. 계획이 성공하면 시간을 끌 수 있겠지."

건축가들은 일당 2골드씩 받고 참여한 초보 유저들과 함께 지형을 바꿔 놓았다.

산에서도 정찰을 하지 않는 몬스터들의 성향을 이용해서 절벽을 무너뜨렸다.

강한 몬스터들은 산사태에도 잘 죽지 않지만, 그럼에도 피해를 입고 이동속도가 늦춰졌다.

"여긴 좀 재밌어."

"확실히 신선한 맛이 있네. 아찔하기도 하고 말이야."

북부 대륙에 대한 기대감으로 온 중앙 대륙 유저들. 그들 중 일부가 자원해서 아르펜 제국의 기사가 되었다.

기사가 되면 명예와 명성을 얻을 수 있고, 빠르게 공적치를 쌓는 등의 몇 가지 이점들이 있다.

돈은 없어도 공적치를 쌓아서 영주가 될 수도 있었고.

아르펜 제국의 미래를 긍정적으로 본 유저들이 길게 보고 기사가 된 것이었다.

중앙 대륙 출신 유저들이 몬스터들과의 싸움에 적극적으로 나서면서 북부 대륙을 지키는 데 기여했다.

"여긴 강을 이용하지."

건축가 미블로스는 대담한 계획을 세웠다.

몬스터들은 가능하면 강을 건너지 않는 습성이 있었다. 수심이 얕아서 걸어서 건널 수 있는 곳은 상관하지 않지만, 헤엄을 치는 건 싫어한다.

그걸 이용해서 다리를 만들어 놓고 몬스터들이 걸어가도록 했다.

꾸엑!

끄웨엑!

강에 설치된 다리를 당당히 걷는 몬스터들.

유유히 경치도 구경하는 여유를 부리고 있을 때, 미블로스는 스킬을 사용했다.

"건물 붕괴술!"

다리가 한순간에 무너지며 몬스터들을 강물에 떠내려가게 만들었다.

조인족들은 끊임없이 하늘을 날아다니며 몬스터들의 동향을 파악하고, 유저들이 싸우기 좋은 위치로 유인했다.

북부의 모든 유저들이 저마다의 역할을 하고 있는 것.

"덤벼라, 이놈들아!"

"케이베른 바보!"

그럼에도 감당하기 어려운 몬스터들은 유저들이 말을 타고 직접 유인했다.

"케이베른 님을 모욕하다니, 놈들을 쫓아라!"

몬스터를 이끄는 용아병들은 충직하지만 머리를 쓸 줄은 몰랐다.

바르고 성채, 벤트 성, 모라타, 바르나, 대지의 궁전!

몬스터의 웨이브를 막기 위해, 유리한 거점에서 매일 전투가 벌어졌다.

리버스는 뜻하지 않게 위드를 가까운 곳에서 볼 수 있는 기회를 얻었다.

'모라타에서 바드레이에 이어서 위드까지 만날 줄이야. 하긴, 바드레이를 멀리서지만 북부에서 본 게 더 신기한 일이었지.'

위드는 북부의 몬스터들을 막기 위한 주요 지역들을 순회하고 있었다.

모라타에서도 성벽 위에 서서 군중을 상대로 연설을 했는데, 그 내용이 기가 막혔다.

"여러분, 기쁜 소식이 있습니다. 몬스터들이 이 도시로 온답니다. 경험치와 더불어서 다양한 전리품을 바치러 말입니다. 가죽, 뿔, 고기!"

"가죽, 뿔, 고기!"

"먹자. 챙기자. 돈 벌자!"

"먹자. 챙기자. 돈 벌자!"

풀죽신교의 기원이 되는, 아르펜 제국의 발상지가 모라타인 만큼 광신도들이 이만저만이 아니었다.

위드가 어떤 말이든 내뱉기만 하면 그대로 넘어오는 마력적인 분위기!

전 세계 사이비 교주들이 꿈에서라도 바라는 장면이 조성되고 있었다.

"선동하는 실력이 대단하군."

리버스는 멀찌감치 서서 지켜보았다.

허수아비를 때리다가 지친 상황에서 그나마 이런 사건이라도 벌어져서 구경거리가 되었다.

'저놈의 허수아비. 너무 힘이 들고 정말 지긋지긋해.'

꼬르륵!

슬슬 배까지 고파 왔다.

그때 슬그머니 다가오는, 믿을 수 없을 정도로 뱃살이 두툼한 사내가 있었다.

"어르신."

"……!"

리버스는 누군가가 말을 걸어오니 자신의 정체가 발각되었으리라고 짐작했다.

유니콘사에서도 그에 대해 아는 사람은 극소수이긴 했지만, 그럼에도 어떻게든 알려지고 말았으리라.

"하하, 막 로열 로드를 시작하신 것 같은데, 배고프시면 이걸 좀 드시겠습니까?"

사내가 내민 것은 맛있는 포도였다.

어찌나 탐스럽게 잘 익었는지 검은 알갱이에서 윤기가 줄줄 흐르는 느낌이었다.

'이것이 시장을 돌아다니며 구경만 했던 모라타산 포도!'

리버스는 체면 불고하고 입안에 침이 고이는 걸 막지 못했다.

"내게 왜 이걸 주나?"

"예? 서로 돕고 돕는 것이죠. 모라타의 자연스러운 문화 아니겠습니까?"

모라타에서는 초보들이라고 해도 박해받지 않고, 어려운 일이 있으면 모두가 팔을 걷고 도와주었다.

풀죽신교의 급격한 성장 요인이 모라타에서 시작한 초보들의 문화라는 이론도 꽤 퍼져 있었다.

레벨과 인맥에 따라서 차별하는 중앙 대륙에 비해 모라타에서는 사람들의 배려와 따스함을 느끼는 것이다.

"그런 이유라면 고맙게 받지."

리버스는 포도를 얻으면서 이건 모라타의 문화 때문이니 절대 자존심이 상하는 일이 아니라고 생각했다.

포도알을 입안에 딱 넣으니 신맛과 단맛이 오묘한 조화를 이루는, 생전 처음 느껴 보는 최상의 맛이었다.

―풍성한 영양분을 가진 포도를 먹고 있습니다.
체력 회복 속도가 빨라집니다.
힘이 일시적으로 1 높아집니다.

초보 시절에는 음식을 먹으며 생기는 작은 변화마저도 감격스러웠다.

'그래, 포도를 몇 년 만에 먹어 보는 거지? 당장 몇 박스 사야겠군. 로열 로드에는 돈이 없으니 현실에서라도…….'

코코아는 이미 세계 각국의 것을 박스째로 모아 놓고 먹고 있었다. 이제부턴 포도 역시 챙겨 먹어야 하리라.

다음 순간 은근하게 들리는 사내의 목소리.

"어르신, 나중에 판잣집 지을 일이 있으시면 연락 주십쇼."

"어……?"

"모름지기 모라타에 내 집 한 채 정도는 있어야 하지 않겠습니까? 마판 건설에서는 책임지고 분양에서부터 완공까지, 완벽하게 모시고 있습니다."

위드는 모라타를 순회한 이후에 항구 바르나의 성벽에서 전투를 지휘했다.

언데드들을 일으키고, 사자후로 고함을 지르며 유저들의 사기를 높여 주었다.

"반격하라! 내 밥그릇… 우리의 영토를 지키자!"

"마구 쏘자!"

"화살을 남김없이 쓰자고!"

전사에 마법사, 어부와 상인까지 몰려와 성벽에서 몬스터들을 향해 화살을 쏘아 댔다.

밀려드는 몬스터에게 화살을 쏘는 건 경험치를 듬뿍 받을 수 있는 좋은 기회이기도 했다.

급하게 세운 돌 성벽과 성문에 몬스터들이 빼곡하게 몰려 있었다.

수십만에 달하는 몬스터들이 항구 바르나를 침략하기 위해 괴성을 지르며 덤벼들었다.

쿠웨엑!

캬캬!

"정복하라! 케이베른 님께 경배를!"

용아병들의 지배를 받는 몬스터들이 성문 돌파를 시도했다.

덩치가 5미터, 10미터씩 되는 놈들이 몸통으로 부딪칠 때마다 강철로 된 문에 충격이 전달되었다.

그럼에도 불구하고 건축가 미블로스가 직접 만든 문은 쉽게 파괴되지 않았다.

성벽 역시도 급조하긴 했지만, 유저들이 겹겹이 서서 화살을 쏘아 댔다.

위드는 성문을 부수려는 몬스터들에게 저주 마법을 걸었다.

"근력 약화! 매몰의 늪!"

마법으로 적들의 공격을 막는 효과가 쏠쏠했다.

높은 생명력이나 단단한 피부를 가진 몬스터들에게는 독 계열의 마법이 특효였다.

용아병들의 부추김에 의해 서식지를 나온 몬스터들은 수많은 종류가 뒤섞여 있었다.

몬스터들의 총집합!

절대적인 권위와 지배력을 가진 드래곤의 명령을 거부할 수 있는 몬스터는 거의 없다.

항구 바르나 부근에는 제대로 개척되지 않은 영토와 던전이 많아서 몬스터들이 사방에서 몰려들었다.

시간이 갈수록 늘어나는 몬스터들!

북부의 마법사와 정령사가 조인족들의 협력을 받아서 하늘을 날아 도착했다.

"지원군이 왔다!"

"우린 해낼 수 있어요!"

"풀죽!"

"풀죽, 풀죽!"

성벽이 항구 바르나를 지키는 최후의 방어선.

건축가들은 역량을 발휘하여 성벽 앞에 해자와 강철못이 박힌 구덩이, 독의 늪 등 방어 시설을 급하게 설치했다.

항구 바르나의 부둣가에는 대형 선박들이 돛을 펼친 채로 전속력으로 다가와서 멈추었다.

"우린 해적이지만 싸움을 좋아하지."

"음, 위드 님의 협박이 무서워서 온 건 절대 아니야."

"그래, 그냥 몬스터랑 싸우고 싶어서 온 거야. 마침 할 일도 없고 말이야."

헤인트, 프렉탈, 보드미르.

베키닌의 3마리 미친 상어가 해적들을 잔뜩 이끌고 참전했다.

"성벽으로 간다!"

"우와앗!"

"상점으로 눈 돌리지 마. 약탈하러 가는 놈은 당장 내쫓는다!"

항구 바르나를 지키기 위해 유저들이 계속 모였다.

고향을 지키기 위해 돌아온 유저들, 몬스터들이 진군해 오자 전투 공적을 세우기 위해 온 유저들로 넘쳐 났다.

"위험하면 물러서세요. 예비병을 투입할 수 있어요!"

"계속 싸우겠습니다. 예비병이라고 해 봐야 초보들이잖습니까."

"끓는 기름, 그리고 화염 마법 위주로 퍼부으세요. 저 녀석들의 천적은 불이에요!"

하루 밤낮을 꼬박 치르는 전투.

"너희가 살아서 움직이던 땅으로 돌아오라. 이곳은 어두운 곳. 검고 부패한 땅. 영영 사라지지 않을 암흑의 율법을, 모든 이들에게 새길 수 있도록 하라. 언데드 라이즈!"

위드는 언데드 소환을 통해 데스 나이트 군단을 부렸다.

"반 호크, 적진의 한복판에서 싸워야 한다."

"알겠다, 주인!"

언데드들은 성벽 밖에서 몬스터들과 치열한 전투를 펼치다가 소멸되어 갔다. 그럼에도 공성전이 펼쳐지면서 시체들이 많아졌으니 언데드들은 언제라도 소환할 수 있었다.

-레벨이 올랐습니다.

케이베른의 활동 이후에 몬스터들이 넘쳐 나며 위드의 레벨은 더 빠르게 올라가고 있었다.

"완전… 최고네."

"네크로맨서가 최강이야. 얼마 전에 하벤 제국 상대로 싸우던 것도 그렇고."

"그러게. 언데드만 일으키면 수천을 상대로 싸워도 이겨 버리잖아."

위드는 유저들의 부러움 가득한 시선을 한 몸에 받았다.

'전사라… 단독으로 몬스터들의 무리에서 싸우는 모습을 보여 주고 싶지만 그건 효율이 너무 떨어지니 어쩔 수 없지.'

전사가 되어 전장 한복판에서 버틸 수도 있었다.

수백, 수천의 적들의 중심에서 힘으로 버티는 것!

하지만 성벽을 끼고 치르는 공성전에서는 언데드 소환이 훨씬 효과적이다.

위드는 화살을 쉬지 않고 쏘는 것으로 아쉬움을 달래고, 가끔씩 성벽 위로 올라오는 녀석들은 로아의 명검을 들어서 베어 버렸다.

서걱!

날카로운 검이 휘둘리면서 몬스터의 약점을 정확하게 갈라 버린다.

지금까지 숱한 전투를 치러 왔기에, 처음 보는 던전의 생명체라고 해도 약한 부위를 직관적으로 파악할 수 있었다.

해적, 상인, 어부, 모험가, 해녀, 항해사, 조선 장인.

다양한 직업의 유저들이 항구 바르나를 지키기 위해서 싸웠다.

다른 도시들보다도 항구는 그들의 고향이었고 터전이 되

는 장소였기에, 대대적으로 밀려오는 몬스터들에게 필사적으로 저항했다.

"만세!"

"우리가 또 해냈다!"

항구 바르나의 수성 성공!

모라타나 벤트 성을 목표로 쳐들어오는 몬스터 무리도, 지역 유저들의 적극적인 호응을 바탕으로 막아 냈다.

피해가 없진 않았지만 드워프와 엘프, 거기에 오크의 가세에 힘입어 버텨 냈다.

"재밌는 싸움이다, 취익!"

"치위익, 이 구역의 사나운 오크가 나닷!"

오크 군단들은 그동안 먹어 치운 밥값을 톡톡히 해냈다.

벤트 성에서의 동쪽과 북쪽 지역은 오크들이 확실히 장악하면서 몬스터들로부터 영역을 지켜 냈다.

서윤이 미리 만들어 놓은 바덴 요새도 북서쪽의 협곡에서 밀려오는 몬스터들을 막아 내는 장벽 역할을 준비 중이었다.

산맥 사이에 나 있는 가파른 협곡을 통로로 해서 몬스터들이 내려오고 있었다.

위드는 서윤과 일행, 조각 생명체를 전부 참전시켰다.

모라타, 바르고 성채, 항구 바르나에서부터 따라온 유저들도 당연히 이번 전투에 끼어들었다.

"위드 님 따라다니니까 정신없이 싸우네."

"근데 꽤 재밌다, 이거……."

"안전하기도 해. 죽는 사람이 거의 없잖아."

"그런가? 싸울 때는 정말 위험했는데. 도시가 함락되는 건 아닌지 걱정했잖아."

중앙 대륙의 유저들은 자신들과 함께했던 이들을 확인해 보고는 깜짝 놀랐다.

"맞네. 전투가 아주 치열했는데도 죽은 사람이 거의 없네?"

"원래 위드 님 따라다니면 안 죽는다는 소문이 자자했어. 파티 사냥부터 시작해서, 웬만해서는 안 죽는다더라. 고생은 끔찍하게 하지만."

"그렇지. 그러니까 그런 터무니없는 난이도의 퀘스트도 깰 수 있었겠지."

"공식 바퀴벌레 대왕이라고도 하더라."

어마어마하게 많은 몬스터들을 상대로 싸우면서도, 넓은 시야와 적절한 언데드 운용으로 유저들의 피해를 최소화한다.

때로는 과감하게 성벽을 포기하고 몬스터들을 끌어들여서 소탕하는 전략을 구사했다.

그 직후에는 건축가와 유저가 대량으로 동원되어서 성벽 복구에 힘을 써야 했지만.

위드는 같이 따라와서 싸워 주는 유저들이 죽지 않도록 노력하는 건 당연한 배려이고 의무라고 생각했다.

'저들이 다 내 돈줄인데… 죽으면 약해지고 사냥도 못 하

는데. 누렁이처럼 열심히, 부지런히 일할 사람들을 내가 지켜 줘야지.'

진정한 악덕 사장이 되기 위해 전투 중에 보살펴 주고, 성장의 기회도 제공한다.

위드는 아르펜 제국의 주민들을 위한 사자후를 터트렸다.

"모두 들어라! 오늘도 우린 반드시 승리를 거둘 것이다!"

"우와앗!"

승리를 경험한 유저들의 사기는 드높았다.

바덴 요새 너머의 미개척 지역으로부터 몬스터들이 어마어마하게 많이 쳐들어온다고 해도, 싸워 이길 자신이 있었다.

불사조, 빙룡, 바라그, 킹 히드라 등등의 무시무시한 조각 생명체들도 총동원되어 있었다.

아르펜 제국의 전력도 바덴 요새에 대대적으로 모여 있었던 것이다.

북부의 유저들, 그리고 방송으로 위드가 싸워 온 모습을 본 유저들은 승리를 의심하지 않았다.

위드가 다시 사자후를 터트렸다.

"그러나 이 싸움은 대륙의 평화를 위해서가 아니다!"

바드 마레이를 포함하여 누구나 알아볼 수 있을 정도로 유명한 유저들이 이 자리에 참여해 있었다.

"대륙의 평화를 위한 게 아니라고?"

"그럼 도대체 왜 온 거야?"

"몬스터 막아야 되잖아. 그러려고 온 건데, 왜 대륙의 평화를 위해서가 아니지?"

유저들이 갖는 의문은 다음 사자후로 깨끗하게 풀릴 수 있었다.

"대륙의 평화? 그런 건 보리 빵과 바꿔 먹는 게 나을 수도 있다. 착하게 살지 말자! 몬스터를 잡아서 전리품을 얻자! 가죽을 벗기고 보물들을 챙기자. 제대로 한몫 잡아 보자!"

위드의 사자후에, 바덴 요새와 협곡 주변으로 모여든 유저들이 두 손을 높이 들었다.

"만세!"

"역시 단순한 이 맛이지."

"캬하, 개이득이 최고야."

반응이 뜨거웠지만, 유저들 중 일부는 고개를 젓기도 했다.

그들은 눈물이 그렁그렁한 눈으로 먼 곳에 있는 위드를 쳐다보았다.

"위드 님은 맨날 우리에게 거짓말만 해."

"무슨 거짓말?"

"우리더러 이득은 다 챙기도록 하고 정작 본인은 대륙 평화를 위해 고생하시잖아."

"맞아. 어려운 퀘스트는 다 해 주지."

콩깍지가 단단히 뒤덮인 유저들.

그 유저들 사이에 있던 마판은 고개를 주억거리며 생각했다.

'이래서 세상에서 사기가 없어지질 않는 거지. 진짜 뛰어난 사기꾼은 당하는 사람을 행복하게까지 만들어 주잖아. 알면서도 당하고, 모르고 당하면 기분까지 좋고.'

위드의 사기는 아직까지는 피해자를 만들지 않았다는 점이 또 독특했다.

본인이 먼저 나서고, 헌신하고, 더 나은 미래를 만들어 냈다.

'괜히 영웅이 아냐. 저렇게 열심히 사기 치다가 위인전에까지 실리는 거 아닐까.'

바덴 요새의 전투가 시작되었다.

"크워어어억!"

"케이베른 님에 의해 살육이 허락되었다."

"피의 축제를 즐겨라!"

식인 부족들을 시작으로 독거미와 지네류의 대형 괴물들이 진군해 왔고, 이에 대응하기 위해 북부의 힘이 동원되었다.

농부, 건축가, 해녀, 나무꾼, 양치기, 요리사도 와서 자신들의 일을 해냈다.

"싸워요. 이겨 냅시다!"

위드의 독려 아래에 바덴 요새에 모여든 유저들은 연일 몬스터 대군과의 전투를 치러 내고 기필코 버터 내는 데 성공!

그사이에 중앙 대륙에서는 밀리암 요새를 비롯해서 17개

의 주요 도시들이 파괴되었다.

몬스터들이 마구잡이로 확산되었을 뿐만 아니라, 하늘에서는 먹물처럼 검은 비가 내렸다.

쵸아아아아.

포근하고 따스한 봄비나 더위를 식혀 주는 빗방울이 아니었다.

블랙 드래곤 케이베른이 본격적으로 활동하면서 독과 암흑의 기운이 세상에 퍼지게 되었다. 그 영향으로 인해 발생한 자연재해.

-오염된 검은 비가 내립니다.
칙칙하고 어두운 안개가 피어납니다.
식물들이 시들거나 말라 죽고 있습니다.

하루 종일 내린 비에 풀과 나무가 조금씩 시들어 갔다.

벌과 나비는 꽃을 피해서 날아다녔고, 여물어 가던 곡식은 낟알이 검게 변해 갔다.

"악룡 케이베른이라… 슬슬 짜증 나는데."

위드는 바덴 요새의 성벽에서 검은 비에 맞아 죽어 가는 풍경들을 봤다.

The Legendary Moonlight Sculptor

전부 노가다

북부 지역은 몬스터들의 침공으로 인한 크나큰 위기를 맞이했다.

크룩!

그웰웰!

몬스터들이 대지를 활보하고 다니면서 여행하던 유저들이 목숨을 잃었다.

사냥터로 간 유저들도 기겁을 해야 했다.

"뭐가 이렇게 많아?"

"몽땅 모여 있어. 건드리면 큰일 나겠다."

"쉿. 저쪽에 초록색 몬스터 하나 보인다."

"생김새로 보면 워렉 아니야? 그 녀석이 이쪽에 있을 리가 없는데.”

“레벨 400대가 넘는 파충류형 몬스터잖아.”

“지금 녀석이 우릴 봤어.”

“워렉 맞네. 다 죽었다, 우리…….”

몬스터들의 서식지와 활동 범위가 바뀌면서 수십 배나 위험해진 북부 대륙!

중앙 대륙의 유저들도 치안이 불안해지며 죽음의 위협을 느끼는 것은 마찬가지였다.

로열 로드가 시작되었을 때에는 각 왕국마다 제대로 된 군대가 존재했고, 도시와 요새마다 병사들이 주둔하고 있었다.

NPC로 구성된 기사, 병사, 용병.

군대가 몬스터들의 침략도 알아서 막아 주고 도적 떼도 소탕하면서, 치안 활동을 했었다.

하벤, 칼라모르, 그라디안, 네스트, 데일, 아이데른, 툴렌, 하르판, 라살, 브레만, 수르, 수베인.

그들이 보유했던 군대는 시간이 흐르며 명문 길드들끼리의 전투에서 많이 소모되었다.

헤르메스 길드가 중앙 대륙을 통일할 때 이미 병력이 절반 이하였고, 마지막까지 버텨 온 최정예 병력이 가르나프 평원에서 통째로 사라졌다.

수많은 도시와 요새가 있는 드넓은 중앙 대륙에, 실질적인 군대가 존재하지 않게 된 것이다.

"싱글튼 마을로 가실 분요. 치안이 위험하니 같이 갈 여행자 구해요."
"소식 못 들으셨어요? 그 마을 이미 없어졌어요."
"없어졌다니요?"
"어제 몬스터에 의해 정복되었어요. 몬스터들이 마을을 장악하고 집집마다 살고 있어요."
"헐……."
분수대 근처 광장에는 혼란에 빠진 유저들이 많았다.
"위드가 북부만 지키면 안 되는 거잖아. 여기도 자기 땅인데."
"맞아. 위드가 와 줬으면 우리도 안전했을 텐데."
위드에 대한 실망감을 드러내며 원망하는 유저들도 많았다.
인근 도시나 마을이 몬스터들에 의해 정복당하면 성문 근처까지도 위험해져서, 불안감이 더 커졌다.
"그렇긴 한데, 아르펜으로 넘어간 지 며칠이나 되었다고 중앙 대륙을 전부 지켜 달라고 하는 건 무리지."
"위드도 매일 몬스터들만 소탕하고 있다는데… 어떻게 탓하겠어?"
"몬스터가 갑자기 10배로 늘어난 것 같아. 잘못 걸리면 몬스터들에게 둘러싸여서 죽는 거야. 성문 밖이 진짜 위험해 보인다."

중앙 대륙의 도시들에서, 유저들은 불안에 떨어야 했다.

고레벨 유저가 많이 활동하는 대도시나 무역도시, 전투 계열 길드가 있는 지역은 사정이 그나마 나았다.

그렇지만 유저들이 많이 찾아오지 않는 지역 도시들은 당장이라도 몬스터들의 침략에 무너지지 않을까 걱정해야만 했다.

위드는 동료들과 풀죽신교의 수뇌부를 모아서 대책 회의를 열었다.

이번에 고레벨 유저들을 비롯해서 다양한 직업의 인재들이 아르펜 제국에 합류했다.

'적당한 직위 내려서 절대 놔주지 말아야지.'

월급도 안 주는 명예직의 남발!

로열 로드에서 큰 인기를 끌고 있는 유저들도 신기하다는 듯이 위드를 바라봤다.

"와… 진짜 위드 님이네."

"이렇게 가까운 곳에서 보다니, 소름 돋는다."

자신들의 이름값이 크긴 하지만, 위드의 명성과 업적은 그들 모두를 합한 것보다도 더 거대했다.

위드는 공짜로 제공되는 풀죽 차를 마시며 입을 열었다.

"북부 지역의 몬스터들은, 큰 덩어리들은 막아 낼 수 있을 것 같습니다. 하지만 소수로 돌아다니는 녀석들은 손을 쓸 방법이 없고, 대륙 전체에 걸쳐서 피해가 크군요."

언데드를 소환하며 꿀을 빨고 있다는 말은 쏙 빼놓았다.

밤낮을 가리지 않고 성벽으로 몰려오는 몬스터들을 대량 살육하면서 레벨을 올릴 기회를 누렸다.

유저들 중에는 몬스터들을 해치우며 반가워하는 이들도 꽤 많았다.

평소에는 던전 깊은 곳에 숨어 있어서 잡기 까다로운 몬스터들까지 성벽으로 달려오며 사냥이 이루어졌다.

마법 재료, 생산 재료, 장비, 전투 퀘스트의 발생.

바덴 요새에서는 매일 보스급 몬스터들과의 전투가 벌어지기에 고레벨 유저들이 아예 진을 치고 살 정도였다.

위드가 가볍게 눈썹을 찌푸렸다.

"레벨이 높은 분들은 버틸 만해도, 몬스터들이 북부 대륙 전체에 걸쳐 많아졌습니다. 초보들에게는 너무 힘든 세상이 되었어요."

"어쩜… 이 와중에 위드 님은 초보들까지 생각하세요?"

풀죽신교의 성녀 레몬!

대학생인 그녀의 눈을 콩깍지가 단단히 덮고 있었다.

'완전 좋은 분이야.'

레몬이 보는 위드는 베르사 대륙의 영웅이었다.

그동안 이룩한 업적이야 셀 수 없을 정도로 많았고, 행동 하나하나, 마음 씀씀이마저도 약자들을 배려하고 있다.

세상을 본격적으로 알아 가는 10대 후반에서 20대 초반의 나이에 위드를 알게 된 것!

'이런 분을 또 만날 수 있을까?'

레몬은 연애라도 하고 싶었다.

그의 곁에 있는 경쟁자가 서윤이기에 포기하며 살아갈 뿐.

레몬의 선망으로 가득 찬 눈빛을, 수르카가 혀를 차며 봤다.

'3개월은 걸리겠지, 위드 님의 실체를 알아차리기까지는…….'

친한 동료들은 알고 있었다.

위드가 나쁜 사람은 아니지만, 그렇다고 해도 특별히 착한 말을 할 때에는 뭔가 음흉한 속셈이 있다는 것을!

마판이 그 속마음을 가장 잘 꿰뚫어 봤다.

'초보들이 무럭무럭 자라야지. 대륙에 고레벨 유저들이 많다고는 하지만 아르펜 제국의 뼈대는 초보들이고… 또 그들이 쓰는 돈도 무시하지 못해. 초보들이 미래야.'

위드는 집에서 키우는 닭 양념반프라이드반을 쓰다듬어 줄 때처럼 자상한 미소를 지었다.

"초보들도 저에게는 똑같은 주민입니다. 당연히 그들을 보살펴야지요."

"와……."

"우리가 사람을 제대로 봤네."

"위드 님이 없었으면 로열 로드는 진짜 살기 힘든 곳이 되었을 것 같아."

음흉한 욕심으로, 회의에 참석한 유저들을 감동시켰다.

위드는 지형과 도시들이 나와 있는 대륙의 지도를 보며 말을 이었다.

"오염된 비가 계속 내리면 앞으로 수확량이 많이 줄어들 겁니다. 그렇죠, 미레타스 님?"

대륙 최고의 농부 미레타스도 회의에 참여하고 있었다.

그는 명성과 실력, 업적을 통해 당연하게 아르펜 제국의 주요 인물에 올랐다.

"곡물의 어느 정도가 버티지 못하고 죽어 갈지는 좀 더 지켜봐야 되겠지만 몬스터들의 활동도 있으니, 절반 정도까지도 각오해야 할 겁니다."

"수확량이 줄어들면 곡물 가격이 오르겠네요."

"그렇겠지요."

"전반적으로 관광사업도 침체될 테고. 위험만이 문제가 아니라, 풀과 나무가 시들면 경치가 나빠지죠. 중앙 대륙의 도시들은 파괴되기가 쉽고… 세금도 덜……."

위드는 슬픔을 견디기 어려웠다.

육체적인 고통은 참을 수 있지만, 수입이 줄어드는 건 정말 끔찍한 일이었다.

"북부는 우리끼리 지킬 테니 위드 님은 중앙 대륙으로 내려가시는 게 어때요?"

수르카가 툭 꺼낸 제안이었다.

위드는 잠시 생각해 보다가 고개를 저었다.

"몬스터 무리 몇 개 정도는 해결할 수 있겠죠. 어쩔 수 없는 상황에서는 그렇게라도 해야 되겠네요."

유저들을 모아서 몬스터와 싸우는 지금 방식은 상황이 악화되는 속도를 조금 늦추는 효과밖에 없었다.

도시와 마을이 붕괴되는 것을 막진 못했다.

재봉사 드라고어가 슬그머니 손을 들었다.

그는 직업 마스터 퀘스트 중 전설로만 남아 있는, 거미를 찾아야 하는 단계를 앞두고 있었다.

끈끈한 거미줄의 원액을 얻어야 하는 것. 그렇기에 당분간은 포기하고 회의에 참석했다.

"에… 그러니까 저는 몬스터들만이 문제가 아니라고 생각합니다. 아, 물론 몬스터들도 위험하죠. 근데 저는 영토가 문제라고 생각합니다."

"영토요?"

수르카가 되묻자, 드라고어는 잠시 생각을 정리하고 말했다.

"유저가 별로 없는 작은 마을들은 몬스터를 견디지 못할 겁니다. 그리고 상인들의 교역 같은 것도 피해를 입으면서 말이에요."

마판이 고개를 끄덕였다. 그렇지 않아도 이미 마판 상단이 몇몇 곳에서 몬스터들에게 물자를 약탈당하고 있었다.

"예, 상단의 교역이 상당히 위험해졌습니다. 그 탓에 물가가 오르고 있어요."

"피해를 계속 입으면 상인들도 발길을 끊게 되겠죠?"

"뭐, 한탕을 노리면서 가긴 하겠지만, 아무래도 쉽진 않으리라 봅니다."

"예. 상인들이 피할 정도가 되면 그 지역으로 갈 유저들은 모험가들밖에 없을 거라고 생각합니다. 그런 지역은, 도시가 파괴되는 것만이 문제가 아니라 추후 완전히 몬스터들의 영역이 되어 버리겠죠."

멍하니 있던 레몬도 깜짝 놀라 정신을 차렸다.

"그러면 정말 큰일이잖아요!"

유저들이 외면하면 몬스터들이 영토를 차지하게 된다.

아르펜 제국의 치안이 악화될 뿐만 아니라, 몬스터들이 성채를 짓고 번식을 하게 되는 것이다.

주변이 미개척 지역이나 산악 지형으로 이루어진 바르고 성채 같은 곳은 몬스터의 침입을 막아 내는 주요 요새였다.

수시로 침략해 오는 적을 격퇴하고 있었는데, 몬스터들의 영역이 넓어지면 베르사 대륙 전역에서 그런 일들이 수시로 벌어질 수 있는 것이다.

건축가 미블로스가 중얼거렸다.

“시간이 지날수록 몬스터들의 영역이 점점 넓어지긴 할 겁니다. 완벽한 방어란 있을 수 없으니까 말입니다. 도시들이 폐허가 되고, 식량의 수확은 줄어든다라…….”

평소에 회의는 질색하던 파이톤도 입을 열었다.

“내 생각에는 시간이 지나면 문제가 더 커질 것 같군. 자신들이 살고 있는 도시와 마을을 지키기 위해 싸우는 유저들이 늘어나긴 할 거야. 하지만 상황이 그 정도까지 이르면 아르펜 제국의 통치도 믿지 못할 테지.”

회의에 참석한 이들은 사태가 정말 심상치 않음을 느꼈다.

케이베른이 대도시를 하나씩 부수는 것은, 베르사 대륙이 워낙 넓기에 견딜 수 있었다.

아르펜 제국의 입장에서는 뼈아프긴 해도, 일반 유저들이라면 다른 도시를 거점으로 삼으면 된다.

하지만 몬스터들이 계속 많아지고 그들의 활동이 왕성해지면, 유저들의 활동은 크게 위축되고 말 것이다.

결국 유저들이 등을 돌리면서 아르펜 제국도 순식간에 몰락하게 될 테고.

‘하벤 제국에 이어서 아르펜 제국까지 무너진다. 베르사 대륙 전역에 피해가 너무 크겠군.’

‘그동안은 풍요를 누렸지만… 앞으로는 폐허 속에서 살아

가게 될지도 모른다.'

'훨씬 강해지고 많아진 몬스터. 정말 위험해질 거야. 과거와는 모든 상황이 완전히 달라질 테지.'

레벨이 높은 이들은 짜릿함을 느끼기도 했지만, 이것은 균형이 송두리째 바뀌는 변화였다.

그동안은 유저들끼리 세력 경쟁을 했다면 이제부터는 살아남기 위해서 몬스터들을 격퇴해야만 한다.

CTS미디어를 포함하여 방송국들이 베르사 대륙의 멸망을 걱정하기도 했는데, 유저들은 처음에는 조금 과장되었다고 느꼈다.

레벨이 높은 이들은 사냥감이 늘어난다고 반겼고, 낮은 이들은 자신과는 관련이 없다고 생각했다.

어떤 유저들은 케이베른의 등장을 신선한 이벤트처럼 받아들이기도 했다.

하지만 대륙 전체가 위험해지면 멸망이 현실이 될 수 있다는 사실을 회의에 참여한 이들은 실감하고 있었다.

"살아남기 위한 전쟁이라……."

위드는 아르펜 제국 황제라는 지위의 책임감을 느꼈다.

'언제까지 사람들이 나를 따르진 않을 거야. 풀죽신교도 영원하진 못할 테고.'

북부 대륙 유저들조차도 언제까지고 자신들의 손해를 감수하며 계속 나서 줄 거라고 믿을 수는 없었다.

영토가 줄어들고 도시가 파괴될수록, 유저들의 불만은 틀림없이 거세질 것이다.

'세상은 지극히 현실적으로 봐야 하지. 누구나 손해를 보는 건 싫어한다. 희망마저 없으면 분노하고 등을 돌리겠지. 전사의 직업을 얻고 성장하면서 확실하게 견적이 뽑히면 하려고 했지만… 상황이 그때까지 기다려 주지 않을지도 몰라.'

위드가 결정했다.

"케이베른을 사냥합시다. 모든 유저들에게 포고문을 돌리세요. 드래곤 사냥대 결성을 추진할 계획이고, 난이도 S의 드래곤과 관련된 진정한 용사 퀘스트를 공유해 줄 것이라고요."

가장 큰 생고생이 될지도 모를 일!

세상에 영웅이 되고 싶어 하는 이들은 언제나 많다.

위드는 그들을 몽땅 끌어모아서 전투를 준비하고, 용사의 퀘스트도 동시에 진행하기로 결심했다.

로암 길드, 흑사자 길드는 임시 연합을 결성하면서 툴렌과 아이데른의 몬스터들을 적극적으로 퇴치했다.

-흑사자 길드가 다시 일어서다.

-오라. 로암이 전장에서 당신들을 이끌리라!

아르펜 제국이 중앙 대륙을 정복하긴 했지만 많은 유저들이 다시 세상에 나온 명문 길드들을 지켜보고 있었다.

"이길 수 있는 싸움 같은데?"

"어. 칼리스가 무모하게 몬스터들과 정면으로 맞부딪치진 않지."

"피할로스 요새로 오는 몬스터들. 거긴 오데인 요새만큼은 아니더라도 난공불락이라서 사냥하기 좋은 기회잖아."

"나 다리 8개 달린 탄도 300마리 사냥하면 끝나는 퀘스트 받아 놨는데. 그거 엄청 잡기 어려워서 2마리 사냥하고 포기하고 있었거든. 그놈들이 몰려오고 있다니까 무조건 참전할 거야."

중앙 대륙의 유저들은 흑사자 길드, 로암 길드, 클라우드 길드, 사자성, 블랙소드 용병단이 내건 깃발 아래에 합류했다.

명맥이 끊어졌던 다른 길드들도 일어났다.

이번에 거의 전 재산을 털어서 영주가 된 이들이 대부분이었다.

다양한 세력들이 각자의 영토 인근 몬스터들과 싸웠다.

"역시 흑사자 길드네. 저력이 있어."

"와… 로암 싸우는 거 봐라. 저렇게 잘 싸우는 줄 몰랐어."

"진짜 예전 랭커들이기는 해도 실력 그대로 살아 있네. 보통 아니다. 스킬 운용이나 판단력, 순간적인 센스까지."

"지금까지 얼마나 사냥을 했던 건지, 레벨도 높아 보여."

몬스터들과의 전투를 멀리서 구경하던 유저들이 감탄을 터트렸다.

과거의 명문 길드들이 그냥 이루어진 것이 아니라는 점을 알 수 있었다.

명문 길드 출신들은 만족스러웠다.

"몬스터 퇴치를 통해 우리의 부활을 알리니 괜찮군."

"유저들의 민심도 회복하고 세력도 확대하고… 일석이조가 아닌가?"

"자유롭게 활동하는 지금이 더 마음에 들기도 해. 예전에는 우리 영토만 벗어나면 전쟁이었는데, 이젠 유저들의 존경을 받으면서 활동할 수 있으니."

막대한 돈으로 영주 자리를 산 이들은 고민거리들을 끌어안았다.

아르펜 제국에서 대대적인 투자를 함으로써 유저들의 눈높이가 뛰어올랐다.

하벤 제국 시절처럼 그저 지배하면서 이익만 뽑아내던 형태를 지속할 수 없었고, 그들도 영주로서 주민들에게 존중받고 싶은 욕심이 있었다.

"알라카 도시의 영주가 4억 골드를 투자했다는 건가?"

"네. 도시의 도로를 다시 깔고, 상업 구역의 재건축을 시작했다고 합니다. 중부 지방에서 가장 아름다운 상업 도시를 목표로 하고 있다는 보고입니다."

"그렇다면 우리도 질 수 없지. 상업 구역과 주택 구역에 동시에 투자하고, 위대한 건축물? 그것도 시작해."

영주들은 비서진을 통해 보고를 받으며 도시 전반에 걸쳐 투자를 했다. 내정에 대한 권한을 행사하고 도시 건설을 하면서 스스로 신이 된 것 같은 재미도 느꼈다.

정치와 명예욕을 동시에 챙길 수 있었으니 돈은 아깝지 않았지만, 몬스터들의 진군은 대처하기 곤란한 것이었다.

"주변 세력들에 요청해. 토벌을 해 달라고."

"의뢰 비용이 들 것 같은데, 괜찮으십니까?"

"돈이 들어 봐야 얼마나 든다고……. 내 도시가 몬스터에게 짓밟히는 꼴을 볼 순 없잖아."

영주들은 아르펜 제국의 지배 아래 자율적인 경쟁을 했다.

케이베른으로 인한 몬스터들의 침략으로 피해를 입긴 해도, 효과적인 방식으로 막아 내고 있었다.

그리고 베르사 대륙의 성과 마을의 입구마다 위드의 포고문이 붙었다.

영웅을 구합니다!

베르사 대륙의 운명이 케이베른에 의해 위험에 처했습니다.

이건 다 헤르메스 길드 탓입니다!

이미 겪고 있거나, 앞으로 경험하게 될 힘든 일들은 우리가 바라는 대륙의 평화와 번영을 파괴하게 될 것입니다.

몬스터의 침략과 자연재해를 앞으로도 계속 당하면서 살아야 합니까?

케이베른을 물리치는 일은 불가능하며, 무의미한 도전일까요?

베르사 대륙을 위해 나설 영웅을 찾습니다.

저와 함께 악룡 케이베른을 퇴치하고 진정한 용사가 되실 분들을 구합니다.

위험한 일이지만, 명예를 걸고 도전하실 분들은 대지의 궁전으로 모이십시오!

남 탓으로 시작된 포고문은 영웅들을 모집한다는 결론에 도달했다.

"드래곤 사냥이다!"

"우왓, 케이베른을 상대하기 위한 영웅 모집이라니……!"

"위드의 포고문이라면 로열 로드의 최상위권 랭커들은 다 모이겠네. 헤르메스 길드를 제외하고 말이야."

"그러게. 초대박이다."

로열 로드가 단숨에 화끈하게 불타올랐다.

승산을 따지긴 어렵지만 위드의 모험에 참여하는 일이다.

레벨이 높은 이들이라면 끌릴 수밖에 없는 내용이었다.

"악룡 케이베른이라……."

뮬은 고민에 빠졌다.

마지막에 아르펜 제국의 편에 서면서 헤르메스 길드를 빠져나왔다. 여전히 네스트와 그라디안 지역의 광대한 땅의 영주로서 자리를 지키고 있었다.

"드래곤을 정말 사냥할 수가 있는 건가?"

뮬은 로열 로드에서 손꼽히는 강자였지만 자신이 없었다.

멀리서 직접 보기도 했었고, 케이베른이 어떻게 싸우는지 동영상도 몇 번이나 시청했다.

"드래곤과 싸우다니… 적어도 1년 후라면 모르지만 지금은 무리일 것 같은데."

뮬은 고민하다가 화령에게 귓속말을 보냈다.

-위드 님이 블랙 드래곤 케이베른을 처치할 영웅들을 구한다는 소식을 들었습니다.

-네. 지원하실 거예요?

-그 전에… 정말 케이베른을 사냥하려는 것입니까? 아니면 유저들을 결속시키면서 뭐라도 한다는 것을 보여 주기 위함입니까?

뮬은 위드의 속마음을 의심하고 있었다.

아르펜 제국의 황제로서 민심을 진정시키기 위해 무모한

도전을 해 보는 것일지도 모른다고 생각했다.

—진짜 사냥할 거예요. 위드 님에게는 케이베른을 상대하는 진정한 용사라는 퀘스트가 있다고 하네요.

—그렇습니까?

—모험도 가장 많이 하고 업적을 많이 세운 이에게 생긴 난이도 S급의 연계 퀘스트래요. 그 퀘스트를 따라가 볼 작정인 것 같아요.

화령의 설명을 들은 뮬은 마음이 흔들렸다.

'진짜인가. 퀘스트가 있다면 이야기가 조금 달라지는데.'

일반적으로 상대할 수 없는 적이라고 해도, 퀘스트를 통해 승산을 높일 여지는 있었다.

더군다나 위드가 나섰다면 자신이 모르는 어떤 가능성을 봤을지도 모른다.

뮬은 헤르메스 길드에게서 등을 돌릴 때도 그랬지만 은근히 귀가 얇은 편이었다.

충분한 설득력만 갖춘다면 약간만 부추겨도 넘어가 버리는 스타일!

—위드 님이 지금 베르사 대륙의 역사를 바꾸어 놓았잖아요. 엠비뉴 교단도 무너뜨렸고요.

—그러기는 했죠. 하지만 드래곤은 특별하지 않나요?

—상식으로 말할 수는 없어요. 상식을 다 파괴해 버리는 분이기 때문에. 근데 위드 님과 퀘스트를 하지 않는다면, 장담하지

만 후회할 거예요.

전쟁의 신 위드.

헤르메스 길드가 대륙의 패권을 장악하고 있던 시절에도 위드가 진행하는 퀘스트는 선망의 대상이었다.

소위 내세울 만한 랭커들도 위드의 퀘스트를 손가락을 빨며 방송으로 구경해야 했다.

'대륙이 바뀔지도 모를 퀘스트에 참여한다면… 한 번 정도는 목숨을 잃더라도 좋은 일이 아닐까?'

뮬은 전투나 사냥 업적보다는 퀘스트에 욕심이 났다.

-좋습니다. 저도 참여하도록 하겠습니다.

-네, 그러세요.

농부 미레타스, 재봉사 드라고어, 바드 마레이, 건축가 미블로스.

한 분야의 정점에 달한 유저들이 따로 자리를 마련했다.

"우리도 악룡 케이베른을 해치우는 데 힘을 보탤 수 있지 않겠는가?"

미블로스의 제안에 다른 유저들의 표정이 진지해졌다.

"뜻은 좋지만 재봉사는 정말 전투력이 없어서요. 무슨 도움이 되기나 하겠습니까?"

드라고어는 슬며시 발을 빼려고 했다.

기나긴 재봉 마스터의 길이 끝나 가고 있었다.

앞으로 빨아야 할 세탁물이 산더미처럼 쌓였다. 여기저기 찢어진 부분도 수선해야 하고, 멋진 무늬도 유행시켜야 했다.

처음에는 최초의 직업 마스터를 꿈꾸었지만, 그게 아니더라도 영광임에는 틀림없었다.

무엇보다 재봉사로서 최초라는 타이틀도 탐나서, 다른 일에 시간을 쓰기 아까웠다.

"저는 참여할 것입니다. 당연하게도 말이지요."

바드 마레이는 멋진 장면들을 볼 수 있겠다는 생각에 참석을 결정.

미레타스는 농부지만 무언가를 기여하고 싶었다.

"악룡 때문에 내리는 비가 농작물을 시들게 하고 있습니다. 이건 제 일이나 마찬가지니 당연히 참여하겠습니다."

이제 세 유저들의 시선이 드라고어에게 모였다.

"아… 이거 곤란한데."

드라고어는 고민에 잠기긴 했지만, 곧 북부의 유저들을 떠올렸다.

항상 밝고, 즐겁게 로열 로드를 하는 유저들.

"그래요, 알겠습니다. 저도 합니다. 한다고요! 할 게 뭐가 있는진 모르겠지만요."

그렇게 네 유저는 악룡 케이베른을 해치우기 위한 퀘스트에 합류하기로 했다.

“드래곤을 썰려면 칼은 바꿔야 될 것 같다.”

“흐흐, 드디어 우리가 검은 용을 잡는군.”

“저것도 조류이니 구워 먹으면 맛있겠지 말입니다.”

검치와 사범들, 수련생들은 의사를 물어볼 필요도 없이 당연히 위드와 함께하기로 결정했다.

505명의, 물불을 가리지 않는 전사들!

하지만 페일은 이번에는 호락호락하게 운명을 받아들이려고 하지 않았다.

‘위드 님이랑 함께하는 건 고생이잖아. 따라가지 않을 수는 없겠지만, 그래도 말 한마디에 승낙하는 쉬운 남자가 아니란 건 보여 줘야 해.’

하지만 그가 가야 할 길은 이미 정해져 있었다.

“아들아, 이번 모험에는 꼭 앞장서서 다녀야 한다.”

“네? 엄마, 왜요?”

“그래야 방송에서 눈에 잘 띄잖니.”

“크흠, 저도 나름 유명인으로서 활약을 하는데요. 단독 방송도 몇 개 있어요.”

페일은 전투력에 있어서는 자신이 있었다.

당연히 위드와 비교할 수준은 아니지만, 그를 따라다니면서 1인분 이상을 충분히 해내는 훌륭한 실력이었다.

"넌 뒤에서 활만 쏘면 눈에 띄질 않는단다. 그리고 근육질도 아니고, 그렇다고 제피라는 동료 낚시꾼처럼 잘생긴 것도 아니야."

"그, 그래도……."

"사람들이 참여하지 말라고 해도 할 거잖니."

페일은 싫은 척해도 위드와 퀘스트 하는 순간을 기다리고 있었다.

그에게 로열 로드의 생활이란, 평범해지기에는 이미 너무 멀리 와 있었다.

벨로트, 이리엔, 수르카 등의 동료들도 함께하기로 했고, 화령도 이번 퀘스트에는 동참을 결정했다.

"진짜 화끈하겠다."

그녀는 무엇보다 모험을 좋아하는 정열적인 여자였다.

"이거 참 곤란하군."

"그러게 말입니다. 고생할 텐데요."

"웬만한 고생은 사서도 한다지만, 위드를 따라다니는 일은 정말 힘들어."

"초인입니다. 초노가다인요."

파이톤과 양념게장도 갈등에 빠지기는 했지만 참여를 결정했다.

로암, 칼리스, 미헬, 군트.

그들은 인근의 다른 대영주들과 함께 회합을 열었다.

레벨이 높고, 예전에 저마다 길드를 꾸려 활동하던 이들로 구성된 회합이었다.

그들끼리의 원한 관계는 깊었지만 헤르메스 길드에 의해 전부 패배하면서, 지금은 과거사는 잊고 뭉쳐 있는 상태였다.

"드래곤 사냥이라니, 너무 무모하지 않습니까?"

"역시 그렇죠. 헤르메스 길드와 드래곤의 전투를 보더라도 위험해요."

회의적으로 시작한 회합.

영주들은 눈치를 보면서 속마음을 털어놓지 않았다.

'이 장면이 방송으로 중계되고 있어. 목소리를 근엄하게 내면서 표정 관리가 핵심. 적당히 시간을 끌다가 전격적으로 참여하자.'

'위드가 이끄는 드래곤 사냥이잖아. 성공이 뭐가 중요하냐. 참여한다는 데 의의가 있지.'

'대륙의 패권 달성? 우선 영주로서 기반을 확실히 다져야 한다. 그러자면 이런 이벤트는 빠질 수가 없고.'

'어차피 다들 참여할 거면서. CTS미디어에서 이번 회의 방송 제안했더니 거절하는 놈이 1명도 없더라.'

영주들은 서로의 눈빛을 교환하며 마음을 감추었다.

'위드 그 옹졸한 놈이, 우리가 거절한다면 어떤 뒤끝을 보일지 몰라.'

'뒤통수를 칠 때 치더라도 그 전까지는 충실한 심복 역할을 하자. 그림자처럼 잘 따라야지. 우릴 철저히 믿도록……. 그렇게 신뢰를 쌓으면서 위드가 절대 의심하지 않도록 해야지. 세력을 마구 확대하다가 절묘하게 뒤통수를 따악!'

영주들마다 나름의 큰 그림을 그리면서 개최한 회합이었다.

누구도 참여하지 않는다는 말은 결코 하지 않은 채, 그렇게 시간만 질질 끌던 회합은 저녁이 되자 결론이 나왔다.

"대륙의 평화를 유저들이 원하고 있습니다. 흑사자 길드에서는 어떤 희생을 치르더라도 케이베른을 끝장낼 것입니다."

"블랙소드 용병단도 빠지지 않겠습니다. 선두에 서도록 하죠."

"사자성은 용감한 전사들로 결성되었습니다. 기꺼이 사냥에 동참하도록 하죠. 우리가 없으면 드래곤 사냥에 성공하기 힘들 테니 말입니다."

"칸데라 길드. 우린 7개 길드의 연맹체로 재탄생했지요. 대륙의 평화와 아르펜 제국을 위해 우리가 무엇을 할 수 있는지 보여 드리겠습니다."

여러 도시와 넓은 땅을 소유한 아르펜 제국의 영주들은 야

망에 불타고 있었다.

그렇게… 무슨 일이 생길지 모를 위드의 드래곤 사냥에 동참하기로 결정하고 말았다.

위드는 객관적으로 악룡 케이베른 사냥이 어렵다고 봤다.

아무리 블랙 드래곤을 처치하고 싶더라도 모든 일에는 순서가 있다.

"승산을 억지로 높이는 수밖에 없어."

애초에 레벨 400 이상 외에 제한을 두지 않았으니 50만 명이 훌쩍 넘는 유저들이 지원했고, 지금도 늘어나고 있다는 점이 큰 자산이었다.

북부는 당연했고, 중앙 대륙의 고레벨 유저들이 전부 경쟁적으로 참여했기 때문이다.

실제 그들 중에서 얼마나 많은 이들이 쓸 만할지는 두고 봐야 알 테지만.

"이 많은 인원을 데리고 어떻게 하실 겁니까?"

페일이 궁금하다는 듯이 물어 왔다.

설마 이렇게 많은 유저들과 함께 몰려다니며 퀘스트를 진행할 것인가.

그들을 나누어서 누군 받아들이고 누군 받아들이지 않는

다면 불만이 대단할 것 같았다.

적극적으로 싸울 생각이 없던 유저들도 막상 본인이 제외된다면 기분이 나쁠 것이기 때문이다.

"굴려야지요."

"네?"

"노가다의 장점이 뭘까요?"

"음, 꾸준히 일해서 성과를 낸다?"

"달라요. 그건 일하는 사람 입장이고, 악덕 사장의 관점에서 보면… 에헴, 사람이 많으면 그만큼의 노동력이 확보되는 겁니다. 노동력 확보. 이게 아주 중요해요. 그러니까 뭐든 시키고 굴리면 해결됩니다."

"……?"

페일은 무슨 의미인지 이해하지 못했다. 매사를 상식선에서 생각하는 착한 성격 때문이었다.

하지만 위드의 이론은 지극히 단순했다.

저기에 산이 있다.

저 산을 옮겨야 된다.

내가 가진 건 엄청 많은 인력이다.

문제 해결의 방식에서, 머리가 좋은 사람들은 어떤 방식이 효율적인지를 고민할 것이다.

창의적이고 기발한 방법으로 최소한의 수고를 하며 목표를 달성할 가능성도 있었다.

위드는 달랐다.

'그걸 왜 고민해? 그냥 옮기게 해.'

악덕 사장의 마인드!

진정한 노가다란, 뭐든 되도록 시키는 것이다.

다만 하나의 문제점이 있다면, 모여든 유저들은 아직 훌륭한 노가다꾼이라 불릴 수 없었다.

눈치를 보고, 생각을 하는 존재들.

사회가 발전하고 좋은 교육을 받은 사람들이라서, 지나치게 똑똑한 이들이 많다.

위드는 이 부분에서는 검치와 수련생들을 활용하기로 했다.

"스승님, 100명만 부탁드립니다."

"어렵지도 않은 일이군. 마음대로 다뤄도 되냐?"

"그럼요. 함부로 막 다뤄도 된다고 지원서에 서명받았습니다."

"요즘 애들은 말을 잘 안 들을 텐데……."

"그 부분은 제가 해결하겠습니다. 스승님 방식대로 데리고 다니시면 됩니다. 사형들도 인원을 좀 맡아 주세요."

위드는 무기를 다루는 전사 계열 중에서도 실력이 뛰어난 이들은 몽땅 검치와 검둘치를 비롯한 사범들, 수련생들에게 맡겨 버렸다.

“위험하게 해도 될 겁니다. 계약서에도 서명을 받았지만, 죽어도 자기 탓이죠. 철저히 굴려서 쓸 만한 전사로 만들어 주세요.”

“알겠다.”

드래곤을 물리치겠다는 포고문을 보고 모인 유저들 중에서도 고르고 골라서 실력자들을 맡겼다.

그들을 남부 사막으로 데려가서 검치와 수련생들과 함께 싸우게 할 작정이었다.

“레벨이 높을수록, 비효율적인 전투 방식만 개선해도 전투력이 크게 늘어날 거야. 그리고 드래곤과 싸울 때 스스로 뭘 해야 할지를 느껴야 해.”

위드는 유저들의 전투 방식을 뜯어고칠 필요가 있다고 생각했다.

고레벨 유저들일수록 위험하게 싸우지 않는다.

목숨을 잃으면 생기는 피해가 너무 크기에 안전하게 몸을 사리고, 또 상대 가능한 몬스터들을 안정적으로 많이 잡는 이들이 많았다.

이른바 책상에 오래 앉아 있는 모범생처럼 꾸준히 강해진 유형이 많다고 할까.

야구, 축구와 같은 현대 스포츠에서도 과거와는 달리 과학적인 운동을 한다.

지나친 혹사는 몸을 상하게 만들고, 운동 능력을 떨어뜨리며, 부상까지 당하게 하니까.

'하지만 이곳은 로열 로드야. 죽는 걸 걱정하면 자기가 가진 실력을 100% 발휘할 수 없어.'

사냥터에서 거칠게 구른 이들은 오히려 헤르메스 길드에 많다고 볼 수 있었다.

"험한 전투를 실컷 경험해 보면 도움이 되겠지. 그러지 않으면 막상 드래곤과 전투가 벌어졌을 때는 관객에 불과할 테니."

위드는 소위 엘리트로 분류되는 이들을 남부 사막으로 보내고, 남은 이들에게 말했다.

"여러분은 사냥을 다닐 것입니다. 가르나프 평원에서 활약했던 부대장들도 있고, 로암 님이나 칼리스 님 같은 분들도 여러분을 이끌어 주시겠죠. 단기 속성으로 레벨을 올리기 위해 최고의 사냥터와 환경을 조성해 드리겠습니다."

몬스터들이 일제히 활동하는 위기.

케이베른을 퇴치하기 위해 성장을 해야 한다는 명분을 활용, 유저들을 몬스터 토벌에 동원하겠다는 의미였다.

"최선을 다해 주세요. 결과만 보고받겠습니다."

"알겠습니다, 위드 님."

"로암 님, 기대하고 있습니다. 다른 부대들보다 많은 활약을 하리라고 믿어도 되겠죠?"

"그 기대에 꼭 부응하도록 하겠습니다."

위드는 50만 명의 유저들을 1,000개의 부대로 나누어서 대륙 전역으로 뿌렸다.

이 과정이 고작 하루!

실상 드래곤 사냥에 참여하기로 한 이들도 이렇게까지 신속하게 일 처리가 될 줄은 몰랐다.

일부는 남부 사막으로 가고, 나머지는 대륙 전역으로 흩어지게 되었다.

구체적인 계획은 없지만 사람들의 노동력 착취와 부대장들끼리의 경쟁을 바탕으로 일이 진행될 것이다.

이것만으로도 대륙의 안전이 최소한 2단계는 높아졌음이 틀림없었다.

매주 파괴될 마을과 도시 수십 곳이 구원을 받을 수 있으리라.

일 처리를 지켜보던 마판은 놀라서 두툼한 볼살을 푸들거리며 감탄했다.

"대단하십니다, 위드 님! 어느 정도 따라왔다고 생각했는데, 황제가 되시면서 한 단계 더 발전하셨군요."

"……."

옆에 서 있던 제피는 단순하게 생각했다.

'일을 빠르게 진행했다는 의미겠지? 그 추진력이 대단하다고 말이야.'

간단하게 생각했지만, 이어지는 마판의 말은 그게 아니었다.

"크흐흣, 사람들의 생각이란 간사한 면이 있죠. 몬스터를 퇴치한다는 목적으로 50만 명이 넘는 고레벨 유저들을 모으려고 했다면 그 자체도 힘들었을 겁니다. 더구나 매일 대륙을 떠돌면서 싸우는 건 절대 불가능이었을 겁니다."

막대한 돈을 쏟아붓더라도 힘든 일.

북부 대륙의 상권에 단단히 자리를 잡고 중앙 지역까지 진출한, 가늠하기 힘든 마판 상단의 재력을 다 투입해도 안 될 것이다.

"근데 이걸 몇 마디의 말로 케이베른이 최종 목표이고 중간에 거쳐야 하는 과정으로 바꾸어 버리시니… 아마 고생을 하면서도 어쩔 수 없다고 받아들이는 이들이 많아지겠죠. 더 강해지려고 할 테고요."

"……."

제피는 그제야 현실을 더 정확히 파악할 수 있었다.

위드가 한 것이라고는 포고문을 내걸고 말 몇 마디 한 게 전부다.

고작 그것으로, 평소에 모아 놓기도 힘든 50만 명의 고레벨 유저들이 노예처럼 사냥에 나서게 되었던 것이다.

'어떤 보상도 해 주지 않고, 앞으로 큰 목표를 함께해야 한다는 이유만으로…….'

상황은 틀림없이 동일한데 유저들의 마음가짐은 달라지게 만들었다.

앞으로 고된 몬스터 사냥에 동원될 유저들은 위드를 탓하지 않을 것이다.

부대들마다 어느 순간부터 실적을 경쟁하기 바빠질 테고, 모든 것은 케이베른 퇴치라는 큰일을 위한 과정이 되었으니까.

'아무렇지도 않게… 병력을 소집해서 몬스터 퇴치에 몰아넣었어.'

제피는 위드를 오래전에 동료로 만나면서 평범하게 봤었다.

대단한 퀘스트를 해결하며 유명인이 되어서 신기하기도 했지만, 그럴 수도 있다고 받아들였다.

운과 고생을 함께 몰고 다녔으니까.

'그냥 판단력이 뛰어났던 거야. 사람에게는 누구나 어려운 일이 생기지만, 위드 님은 그걸 다 어떻게든 해결해 버렸어.'

본인 스스로 독종이면서 전투의 천재, 남다른 생존 본능을 가졌다.

다른 유저들을 활용할 줄 아는 선동가였고, 뛰어난 전략을 세울 줄도 알았으며, 그것을 어떻게든 실행하는 실천 능력도 확보했다.

'맨날 200원 비싼 소금을 샀다고 푸념하고 그래서 얕본 면

이 있었어. 자세히 생각해 보니 진짜 보통 인간이 아니잖아.'

처음에 우연히 만났던 위드가 아르펜 제국의 황제가 된 것은, 어쩌면 정해진 일처럼 느껴지기까지 했다.

"여러분의 부대장은 접니다. 저와 같이 다니시겠습니다."

위드는 엘리트 병력, 전사나 기사는 남부 사막으로 보냈지만 나머지 직업들은 직속부대로 편성했다.

웅성웅성.

유저들 사이에 소란이 일어났다.

"정말 위드 님이랑 같이 다니는 거야?"

"레벨을 올려 줄 모양인데."

"그게 어디 쉽나. 내 레벨도 500이 다 되어 가는데."

"대박이다. 사냥을 하게 될 줄은 몰랐어. 퀘스트만 할 줄 알았는데."

"방송도 타면서 말이지."

유저들은 순수하게 즐거워하고 있었다.

위드와 사냥을 떠난다니, 가벼운 마음으로 소풍을 가는 것처럼 흥미롭기까지 했다.

로뮤나와 페일의 안색은 새하얗게 변한 후였지만.

"레벨을 올린다고?"

"그것도 단기 속성으로……?"

The Legendary Moonlight Sculptor

멸망의 계획

The Legendary Moonlight Sculptor

쿠구궁!
텔레포트 게이트로 사막에 도착한 유저들은 뜨거운 열기에 질식할 것만 같은 기분을 느꼈다.
쌍봉낙타에 올라탄 검치가 만족스럽게 고개를 주억였다.
"좋은 날씨군."
"등줄기가 딱 화끈하지 말입니다."
"바로 가자. 이랴!"
검치를 선두로, 사막의 열기를 뚫고 모래 구릉을 달렸다.
케이베른을 퇴치하기 위해 모여든 전사들은 낙타를 탄 채로 뒤를 따랐고, 사막에서의 지옥은 그렇게 시작되었다.
전투, 전투, 전투.

오로지 싸우고, 그다음에도 싸우고, 계속 싸움이 벌어질 뿐이었다.

"모두 달려들어라!"

사막은 모험이 제대로 이루어지지 않은 지역이 많았다.

신기루와 땅속의 세계도 존재했으며, 어떤 때는 불의 영역으로 접어들기도 했다.

위드가 과거에 수행했던 사막의 대제왕 퀘스트의 파편들까지 새로운 역사로 바뀌었다.

어디로 가든 싸울 일은 넘쳐 났다.

밥도 낙타를 타고 먹고, 전투도 이동하면서 이루어졌다.

"막내의 말대로 매일 싸우기만 하면 된다니, 머리를 안 쓰니 얼마나 편하냐."

"그러게 말입니다."

"애들이 잘 싸우기는 한다."

"레벨이 깡패란 말이 맞긴 한 것 같더군요. 너무 스킬 위주이긴 합니다만."

"센 놈들에게 데려가야지. 좀 죽어도 괜찮다고 했으니."

"시시한 전투는 안 해도 되니 좋습니다."

검치는 위드의 조언에 따라 무리를 이끌고 강력한 적들을 찾아갔다.

무지막지한 열기를 뚫고 모래 육신을 가진 적과 싸우고, 거대 전갈 사냥에도 나섰다.

신비로운 화염의 영토에도 발을 들이밀었으며, 전사 중의 전사들도 만났다.

깊은 사막에는 인구는 적지만 강한 전사들이 많았다.

"이게 무슨 생고생이냐."

"지옥이야. 싸우는 것도 힘들지만, 이 더위가 사람을 미치게 만들어."

"와… 내가 미쳐서 퀘스트 한다고 했다."

이미 이틀째부터 유저들의 불만이 자자했다.

레벨이 높다고 해도 이런 식의 전투 경험은 처음이었다.

평소에 그들은 위드의 생각처럼 사냥터 선정에 심혈을 기울였다. 효율이 높고 전리품을 많이 주는 사냥터를 찾아 철저히 준비해서 들어갔다.

보스급 몬스터라도 잡는 날에는 며칠 전부터 차분히 마음을 다지면서 준비도 했다.

"여기선 아무 곳이나 막 다니면서 싸우네. 무모하게 덤비고. 완전 미쳤어."

"어제는 코랄도 죽었잖아."

"그래? 진짜 위험하네……."

"항의라도 해야 하는 거 아냐?"

"항의했지. 근데 전사는 죽어 봐야 강해진다던데. 심각하게 말이 안 통해."

"솔직히 얼굴 보고는 진지하게 따질 수도 없어. 보통 험하게 생겼어야지. 레벨은 우리가 더 높지만, 힘으로 하려다간 자칫 아르펜 제국의 공적이 되어 버릴 것 같고……."

"앞으로 몇 명 더 죽더라도 사냥 계획에는 변동이 없을 거야."

사흘 정도가 지나자 유저들은 새벽부터 모여서 불만을 토로했다.

"난 여기서 포기한다. 다들 고생하고, 잘 있어라."

"그래, 나도 그만둘 거야. 블랙 드래곤 잡는 데 한손 보탠다고 했지, 내가 원했던 건 이런 방식이 아니었어."

그리고 강행군을 견디지 못하고 그만두는 이들이 생겨났다.

"차라리 따로 사냥이나 할걸."

"내 말이. 효율만 놓고 보면 더 좋은 사냥터도 많잖아. 여기서 우리보다 레벨도 낮은 사람들이랑 같이 다닐 필요가 없었다고."

하지만 그 광경을 여러 방송국에서 촬영하고 있었다.

위드는 블랙 드래곤 케이베른 사냥에 참여하기로 한 사람들에게 방송에 대한 모든 권리를 허락받았다.

퀘스트 지원자들은 당연히 방송 출연에 욕심을 갖고 동의했는데, 그들이 생각했던 방송은 영웅적으로 멋지게 미화된 것이었다.

블랙 드래곤 케이베른에게 돌격하는 자신들의 모습!

위드는 방송국 관계자들에게 따로 언질을 주었다.
“이번 방송에는 악마의 PD를 붙여 주세요.”
“진심이십니까?”
“네. 멋진 영상들이 차차 나오기는 하겠지만, 시행착오가 좀 있을 거예요. 악랄하게 편집해 줄 사람이 필요해요. 방송이 흥행하려면 사소한 흥밋거리 정도는 있어야 하잖아요.”
“그렇긴 합니다만…….”
“제대로 안 하면 다른 방송국들 시청률이 더 오를 겁니다.”
위드의 방송계 영향력은 절대적이었다.
과거에도 인기를 바탕으로 대형 방송국들도 알아서 엎드리게 만들었다.
중앙 대륙까지 차지하고 절대 패권을 형성한 지금, 그 위력은 방송국들이 더 잘 알았다.
“진짜 지독한 악마 PD들을 구해 보겠습니다.”
“네. 하지만 철저히 사실로만. 조작 방송은 안 돼요. 시청자들 사이에서 논란거리가 되는 건 싫으니까요. 그래도 조미료를 좀 치는 건 괜찮잖아요? 요리에도 조미료가 있어 감칠맛이 나는 거고요.”
위드가 하는 말을, 각 방송국의 부장과 팀장급은 단단히 새겨들었다.
“유저들이 이탈하는 여기서 장면 하나 딸 수 있겠는데…….”
“그러게요. 도입부로 괜찮겠네요.”

"주목을 확실히 받겠어."

악마 PD들은 거침없는 편집 신공으로, 사막에 가자마자 불평을 하며 전투와 음식에 관하여 투정을 부리는 유저들을 화면에 내보냈다.

더군다나 그들이 사막을 떠나는 광경에는 특별한 연출까지 곁들였다.

악룡 케이베른이 에바루크 성을 공격하고, 몬스터에 의해 도시가 파괴되는 장면, 주민들이 학살을 당하는 영상이 떠나가는 유저들과 겹쳐서 나왔다.

악마 PD들이 자신들의 전공을 살려 감정 몰이를 하는 것이었다.

-방송 보고 있는데 완전 어이없네. 케이베른 퇴치한다면서 사막까지 가서, 불평만 하다가 바로 그만둔다고?

-저럴 거면 뭐 하러 시작함?

-사막에 가서 호텔 생활하려고 했나?

-드래곤 슬레이어. 그 대업을 위해서 다들 힘을 내 보자고 모인 거잖아. 드래곤을 상대하기에는 레벨이 낮으니까 사냥도 열심히 하자고 한 거고. 근데 바로 포기라니…….

-하… 짜증 난다. 진짜 욕 나온다.

-바쿠스? 저 유저가 그만두는 거 주도했네요.

생중계나 다름없이 전해지는 방송의 여파는 대단했다.

인터넷이 온통 떠들썩해졌고, 실시간 검색어에 바쿠스가 떴다.

1위 바쿠스

2위 서윤

3위 바쿠스 도망

4위 바쿠스 레벨

5위 서윤 여신

6위 바쿠스 인성

7위 위드

8위 서윤 학교

9위 서윤 몸매

10위 케이베른

1위부터 10위까지의 검색어 중에서 바쿠스가 4개나 나왔다.

방송의 힘이기도 했지만, 바쿠스는 레벨 500이 넘는 유명한 유저였다.

그다음 날, 새벽부터 유저들은 사냥터에서 몸을 사리지 않고 싸웠다.

방송의 여파로 자신들이 어떤 욕을 먹을 수 있는지를 깨달았던 것이다.

"이제 좀 제대로 하는군."

검치나 사범들도 만족할 정도였다.

아침에는 허겁지겁 바쿠스와 이탈자들이 돌아왔다.

"죄송합니다, 모두. 이제부터 열심히 싸우겠습니다."

몇 시간 만에 완전히 달라진 태도였다.

위드는 악룡 케이베른 사냥을 위해 모인 이들을 데리고 몬스터 토벌에 나섰다.

마법사와 궁수는 조인족의 등에 탄 채로 몬스터들에게로 날아가야 했다.

지상에서는 던전에서부터 튀어나온 수많은 종류의 몬스터들이 인간의 도시를 향해 진군하고 있었다.

위드는 사자후를 터트렸다.

"쏴라! 모두 날려 버려!"

마법사들이 날린 수천 개의 마법 주문이 지상을 폭격했고, 궁수들이 화살을 쏘아 댔다.

원거리 공격에 최적화되어 있는 직업들!

"크오옥! 케이베른 님의 노여움을 일으켜라!"

몬스터들의 피부가 검게 변하며 방어력과 공격력이 향상

되었다.

던전 깊은 곳에서부터 튀어나온 녀석들은 정말 강해서, 마법 공격쯤은 몇 대 얻어맞더라도 거뜬히 버텨 냈다.

하늘을 향해 바위를 던지고, 바람을 일으키는 특수 능력을 발휘하며 저항했다.

그럼에도 마구잡이로 쏟아지는 마법 공격은 몬스터들을 초토화시킬 기세였다.

"데드 라이즈!"

위드는 언데드들을 소환했다.

도무지 어울리지 않는 것처럼 느껴지던 마법사와 네크로맨서의 조합!

막강한 화력에, 몬스터들의 관심을 끌어 줄 언데드들이 소환되었다.

전투를 마친 마법사들은 감탄했다.

"진짜 레벨 업 잘된다."

"전투 업적도 그냥 생기잖아."

5~6명의 파티에서 마법사들은 사냥에 필요한 마법을 쓸 뿐이다.

주로 연마하는 마법도 몬스터 1~2마리에게 치명상을 날리는 유형의 공격.

위드를 따라다니면서는, 대량 파괴가 이루어지는 광역 마법을 실컷 날릴 수 있었다.

자잘한 몬스터는 언데드들이 깨끗이 정리했고, 전투를 마치면 조인족들의 적극적인 협력도 이루어졌다.

구경하고 있던 초보 조인족들이 전리품 회수를 위하여 지상으로 내려간다.

마법사들의 공격이 한꺼번에 이루어져 누가 어떤 몬스터를 죽였는지 알 수 없기 때문에, 모든 전리품을 한꺼번에 처분해서 돈을 나누는 방식으로 정리했다.

시간을 크게 절약하는 방식이었다.

"와… 진짜 환상이네."

"레벨 업 속도가 10배는 빠른 거 아니야?"

"위드 님만 따라다녔으면 지금쯤 레벨 600도 꿈이 아니었겠다."

레벨 500이 가깝던 마법사들과 궁수들은 흥분했다.

케이베른에 의해 몬스터들이 다 뛰쳐나왔다고는 해도, 실로 기가 막힌 성장 속도.

로뮤나와 페일만 말이 없을 뿐이었다.

'사냥 속도가 놀랍긴 하지. 기가 막힐 거야. 근데 속도가 전부가 아니란 걸, 저들도 곧 깨닫게 되겠지.'

'위드 님을 옆에서 지켜봐야 노가다의 진면목을 알 수 있는 법이지.'

저녁까지 사냥을 하는데도 마법사들은 기쁨과 행복함에 반발이 없었다.

그렇지만 해가 저물고 밤하늘에 별이 잔뜩 보이는 시간까지도 사냥은 끝날 기미가 보이질 않았다.

"저기… 언제 쉬어요?"

와삼이를 타고 있는 위드에게 누군가가 와서 조심스럽게 물었다.

"조인족의 등에 누워서 쉬세요."

"네?"

"5분 정도 쉴 여유가 있을 겁니다."

"그게 휴식이에요?"

"우린 이동하는 중에 쉬고, 도착하면 싸웁니다."

"……!"

"혹시 배고프세요?"

"네, 넵!"

"다음 전투가 끝나는 장소에 도시락을 마련하도록 해 놨습니다. 쌩쌩한 조인족들도 대기 중이고요. 바로 비행하면 됩니다."

끝없는 강행군!

베르사 대륙의 하늘을 날아다니면서 몬스터들을 정리했다.

다음 날에는 남부 사막의 바쿠스의 난까지 알려지면서, 즐겁게 떠들던 마법사들과 궁수들은 입을 다물었다. 슬슬 말할 기운까지도 아껴야 한다는 사실을 깨달은 것이다.

베르사 대륙의 몬스터들이 대대적으로 청소되고 있었다.

변방 마을이나 막 자리를 잡기 시작한 작은 마을도, 몬스터의 위협으로부터 구원받았다.

"샅샅이 뒤져요. 작은 문구 하나라도 놓치지 말고요."

"역사 분야에 대해서는 세 번씩 반복 확인합니다. 밤샘 작업 각오하시구요."

"읽은 책이나 문건은 원래 자리로 돌려놓으세요. 자원봉사자들이 계속 읽을 거예요."

위드가 케이베른을 잡겠다고 결심하자 전투에는 끼지 못하는 유저들이 움직이기 시작했다.

북부의 초보 유저들, 상인들이 방대한 자료가 쌓인 모라타의 대도서관에서 정보를 수색했다.

그들은 드래곤, 케이베른, 브레스 등의 관련 단어들은 빠짐없이 살폈다.

"틀렸어. 여태껏 나온 자료들은 대부분 F급 퀘스트와 관련된 거잖아."

"연계 퀘스트의 가능성도 잘 살펴."

"드래곤의 발자국을 찾아라, 혹은 주점에서 드래곤의 이야기를 들려주라는 단순한 것들인데?"

"북부의 자료는 많지만 중앙 대륙은 미흡하네."

"어쩔 수 없지. 그쪽 지역은 합류한 지 얼마 되지 않았으니까."

"퀘스트 중에서 조금이라도 의심이 가는 건 따로 추려 놔. 작은 흔적도 놓치면 안 될 거야."

악룡 케이베른 퇴치에 도움을 줄 수 있다면 영웅이 될 기회.

더군다나 위드와 마판 상단에서는 공언했다.

—악룡 케이베른 퇴치에 필요한 정보를 삽니다. 중요한 정보는 100만 골드를 드립니다.

레벨 200 이하의 평범한 유저들에게 100만 골드란, 아무리 써도 마르지 않을 막대한 금액이었다.

옷과 장비, 장신구에 이르기까지 제아무리 사치를 해도 절반도 쓰기 어렵다.

터무니없이 귀한 장비들을 사기는 어렵지만, 그럼에도 집이나 농장 같은 걸 구입하면 생활 자체가 여유로워진다.

북부에서 시작한 초보자들은 당연하게도 대도서관으로 향했고, 빈자리를 찾기 힘들 정도가 되었다. 그곳에 소장된 책과 자료를 남김없이 훑어봤다.

로열 로드의 모험가들도 대대적으로 나섰다.

하벤 제국이 중앙 대륙을 장악할 때만 해도 각종 제약 때문에 규모가 큰 모험은 꿈도 못 꿨다.

"케이베른과 관련된 모험이라면 꼭 해야지."

"일단 시작만 하면 위드와 함께 다닐 수도 있는 거 아니야?"

"그러면 초대박이지. 아예 매일매일이 방송으로 생중계가 될 거라고."

아르펜 제국이 영토를 확보한 후 어디든 자유롭게 다닐 수 있게 되면서, 모험가들은 자신들만이 아껴 놓았던 퀘스트를 진행했다.

그동안 진행되지 않던 퀘스트가 무수히 완료되었고, 모험으로 인한 효과가 도시와 마을을 중심으로 퍼져 갔다.

유물이나 보물 상자 발굴, 역사책, 스킬 북, 장비를 찾아내며 발생하는 경제적인 효과가 상당히 컸다.

도시의 곡물 수확량이나 광산의 채굴량을 늘리는 종류의 특수 유물은 대번에 높은 가격에 팔렸다.

아르펜 제국이 중앙 대륙을 차지하며 긍정적인 변화가 일어나고 있었다.

"위드와 모험을 하면 그 영광이란… 대륙 최고의 인기인이 되겠지."

"모험을 시작만 하면 뭐든 다 위드가 해 버리는 거 아니야? 대단하잖아, 솔직히. 못하는 것도 없고, 어떤 어려움이라도 이겨 내 버리고."

"들러리를 서더라도 같이하는 자체가 좋지. 명예도 얻고."

"돈도 얻어. 집도 사고, 차도 사고, 잘하면 건물도 살 수 있을걸."

"맞아. 수십억 정도는 벌겠지."

"수십억? 드래곤 퀘스트라고! 그것도 위드와 함께하게 되는! 이런 기회가 또 어디에 있다고 생각해?"

방송국 출연료와 광고 수익금 정산.

부와 명예를 모두 얻을 수 있는 기회이기에, 대륙에서 이름을 날린다는 모험가들이 모두 나섰다.

위드가 케이베른을 잡기 위해 진정한 용사 퀘스트를 진행한다고 결정을 하니, 대륙 전체가 움직이고 있었다.

"엉망진창이군."

라페이는 페니아 요새에 와 있었다.

하벤 지역의 서쪽 수도나 마찬가지인 곳으로, 규모가 크고 발전도도 높았지만 지금은 텅 비어 있었다.

정확히는 주민들과 헤르메스 길드 유저들만이 돌아다니고 있었다.

"……."

지금까지 하벤 지역에서 활동하던 유저들이 북부 대륙이

나 중앙 대륙으로의 이주를 선택하고 있었다.

무너지는 왕국과 최후를 함께하고 싶지 않다는 듯이.

아르펜 왕국이 북부에 자리를 잡고 있던 시절에는 국경을 봉쇄했지만, 지금은 그런 방법도 통하지 않았다.

-밀렌에서 택시 요청 드립니다. 5골드요.

게시판에 글을 쓰면 하늘에서 조인족 유저들이 잡아서 데려가 버린다.

멀고 먼 북부 지역으로 가는 것도 아니고 국경만 넘으면 되니 어렵지도 않은 일.

조인족들에게는 쏠쏠한 용돈 벌이가 되고, 하벤 지역에서 활동하던 유저들에게는 탈출, 말 그대로 탈출 러시가 일어났다.

아르펜 제국의 밝고 역동적인 분위기와 자유분방함에 끌리는 것은 누구나 마찬가지였다.

"후……."

라페이는 성벽에 기대어 하늘을 봤다.

맑고 푸름이 선명한 하늘, 좋은 날씨였기에 더욱 헛웃음이 나왔다.

그의 계산대로 케이베른에 의해 아르펜 제국이 큰 타격을 입고 있었지만, 자신들 역시 무너지고 있다.

하벤 지역에는 순수하게 헤르메스 길드 유저들만 남을 것 같은 상황이었다.

"우린 이렇게 망해 가고 있구나."

악룡 케이베른을 퇴치한다면서 가장 꿀을 빠는 것은 바로 위드였다.

—레벨이 올랐습니다.

—중급 언데드 소환 스킬의 레벨이 10이 되어 고급 언데드 소환 스킬로 변화됩니다.

전설적인 언데드들을 부를 수 있습니다.
엘프나 정령 전사 등의 특수한 시체들을 일으킬 수 있습니다.

암흑 군주에 대한 존경!
언데드나 하급 몬스터가 당신을 우러러봅니다.
충분한 명성을 가지고 있다면 베르사 대륙의 무수히 많은 언데드들을 지휘할 수 있습니다.

리치로 육체를 변환하는 연구를 시작할 수 있습니다.
리치는 인간의 한계를 뛰어넘고, 생명력 흡수, 마나 흡수의 효율이 상승합니다.
햇빛을 봐도 약해지지 않습니다만, 깊은 어둠으로의 유혹은 강렬할 것입니다.

—마족들이 남긴 언데드에 대한 퀘스트를 진행할 수 있습니다.

–마법에 대한 거대한 깨달음을 얻었습니다.
마나의 회복 속도가 25% 빨라집니다.
영구적으로 지식과 지혜가 10씩 증가합니다.
통찰력이 추가로 5 늘어납니다.

–신앙심이 영구적으로 120 감소했습니다.

고급 언데드 소환!

전사로 전직하며 전투 계열 스킬들도 다양하게 늘어났다. 하지만 당장은 언데드 소환을 자주 쓰게 되는 건 어쩔 수 없었다.

위드는 대지에 쓰러져 있는 몬스터들을 보며 만족스러웠다.

'쉬워. 마법사들이 전장을 휩쓸면 그대로 주워 먹으면 되는군.'

마구잡이로 언데드를 소환하고, 상처투성이의 몬스터들과 싸움을 붙인다.

전투에 참여한 마법사들도 큰 불만은 없었는데, 마나가 허용하는 한 모든 스킬을 다 시전할 수 있었기 때문이다.

–쿠워! 인간들! 케이베른 님의 뜻에 따라 멸망해야 한다!

가끔 레벨 500대 후반 정도의 몬스터가 나타나면 위드는 로아의 명검을 들고 정면으로 돌격하여 일대일의 승부도 즐겼다.

다양한 전투 경험과 각종 스킬 덕분에 위험한 순간은 거의 생기지도 않았다.

"성령의 힘이여, 여기 고통받는 이를 구원해 주세요. 치료의 손길!"

조금 다쳤다 싶으면 수백 번의 빛이 가슴에서 생겨났다.

사제 부대가 조인족들과 함께 있으면서 마구 치료를 해 주는 것이었다.

어쩌다 레벨 600 중반대의 보스급 몬스터들, 그런 녀석들과도 싸우면서 관심을 한 몸에 받았다.

마치 콜로세움에 선 검투사처럼, 유저들의 눈과 방송을 의식하며 승부를 벌이는 것이었다.

"일대일의 승부라면… 시간이 아깝긴 하지만 응해 주지."

몬스터 사체가 즐비한 곳에서, 적의 대장과 맞부딪쳤다.

매모스!

인간과 새, 악마가 합쳐진 것처럼 흉악하기 짝이 없게 생긴 녀석.

-인간. 산 채로 머리를 뜯어 먹어 나약함을 깨닫게 해 주지.

"어디 덤벼 봐."

위드는 로아의 명검을 땅바닥까지 늘어뜨렸다.

허술해 보이는 자세이긴 하지만 매모스의 움직임이 아주 빨라서, 받아치기 위한 감각을 일깨우고 있었다.

'수많은 유저들이 보고 있는데… 바드레이도 아닌 몬스터

에게 지면 면목이 없지.'

당연하지만 몬스터에게 패배할 수도 있다. 그렇지만 그만큼 체면이 구겨지는 일이었다.

바드레이야 이기고 지면서 서로 명예를 얻고 업적을 쌓아 온 관계!

장기적으로 보면 밥그릇으로 생각하고 있는 처지라서 오히려 더 부담이 없다.

지금처럼 세력이 줄어든 헤르메스 길드라면, 설혹 일대일의 승부에서 패배한다고 해도 아르펜 제국이 무너지진 않으니까.

그렇지만 몬스터에게 패배한다면 한계를 보여 주는 것이었다.

케이베른을 사냥하자고 해 놓고 그 하수인조차 이겨 내지 못한다면, 유저들의 실망감은 매우 클 것이다.

쉬릿!

매모스가 사라지자마자 옆으로 몸을 날렸다.

'안 보여.'

최대 10초 정도까지는 몸이 보이지 않는 투명화 능력!

여기에 날개를 가져서 굉장히 빠르게 날아다닌다.

이 사기적인 특성 때문에라도 웬만한 전사들도 상대할 엄두조차 내지 못하는 녀석이었다.

위드는 옆으로 피하면서 세찬 바람 소리를 들었다.

매모스가 조금 전까지 자신이 있던 위치를 스쳐 지나가는 것을 느꼈다.

"달빛 조각 검술!"

위드가 검을 휘두르자, 보이지 않는 무언가에 막혀서 빛이 산산이 부서졌다.

잠깐 동안이지만 악마와 새가 뒤섞인 형태가 드러났다.

—크웃!

매모스가 2미터가 넘는 앞발을 사정없이 휘둘렀다.

공격을 시작하는 순간 잠깐 보인 것에 불과했지만, 대략이나마 어느 위치를 공격할지는 알고 있었다.

'머리와 어깨를 노리는 습성. 거리와 몸의 구성을 봐도 가능성이 높다.'

위드는 로아의 명검을 쳐올리며 매모스의 앞발을 막았다.

까아앙!

발톱을 막아 내는 강렬한 충격.

마법에 비행 능력, 빠른 속도, 투명화 특성까지 가진 매모스의 약점이라면 힘이 조금 약하다는 것.

위드는 그래도 힘으로 밀어낼 생각은 하지 않았다.

상대적으로 강한 힘을 이용하면 억지로 허점을 만들어 내기 좋다.

육체적인 능력을 이용하는 것도 승리를 위한 방법이라고 할 수 있지만, 그건 좀 무식하게 싸울 때였다.

몸이 전투의 쾌감으로 달아올라서 본능에 맡겨질 때!

위드는 스킬을 사용했다.

"신성한 불!"

여신 헤스티아가 부여한 신성한 불이 로아의 명검을 타오르게 만들었다.

그 불길이 검신을 타고 매모스의 몸에 달라붙었다.

마족이나 악마 계열에게는 무려 5배나 되는 피해를 입히는 불꽃!

-난 정말 불이 싫어!

매모스가 비명을 질렀다.

그의 성격은 인간, 새, 악마를 섞어 놓은 것과 같았다.

가장 싫어하는 계열은 화염과 신성력!

신성한 불에 타는 매모스의 몸이 정확하게 보이게 되었다.

-맹독 폭발!

그 와중에 매모스가 마법 주문을 외우며 반격했다.

독의 구슬이 확 하고 터지며 위드를 안개처럼 감쌌다.

-중독되셨습니다.

단련된 육체가 저항합니다.

매초마다 960의 생명력이 줄어듭니다.

하늘 지배자의 갑옷이 마비 상태를 억제합니다.

다른 유저들이라면 매초마다 7,000이 넘는 피해를 입을 수

도 있었다.

그러나 위드는 스텟과 장비발로 피해를 최소화!

"용암의 강!"

위드도 스킬을 사용하자 대지가 폭발하면서 용암이 솟구쳤다.

매모스의 몸을 아래에서부터 위로 뒤덮은 새빨간 용암이 독의 기운을 그대로 날렸다.

-크아아앗!

매모스의 저항력이 발동되면서 돌풍이 일어났다.

-용암지대가 형성되었습니다.
매초마다 1,800의 피해를 입습니다.
불꽃의 성배에 의해 화염 계열의 피해를 입지 않습니다.

대지가 갈라지고 증기가 뿜어 나온다.

과거와는 사뭇 다른 위력이었다. 신성한 불로 위력이 강화되기도 했지만, 불꽃의 성배의 효과까지 더해진 덕이었다.

용암으로 녹아내리는 땅.

위드는 과거 중급 악마 델암을 처치하며 깨달은 사실이 하나 있었다.

'악마들이 특기를 쓰기 시작하면 까다롭다.'

레벨이 500이든 600이든, 전투력이 비례하지도 않았다.

기본적으로 악마들은 생명력이 높고, 상대하기 곤란한 특성을 가지고 있다.

다른 몬스터들과 비슷한 600대라고 해도, 실제로는 수십 마리를 합쳐 놓은 것과 같은 전투 능력을 발휘했다.

강력한 전투 수단인 언데드도 제대로 안 먹힌다.

순수하게 전투 능력으로 상대하는 편이 깔끔했다.

-난 끄떡도 하지 않는다.

불에 타는 매모스가 검처럼 앞발을 내려쳤다.

악마족 특유의 투쟁심을 발휘하는 것.

위드는 허공에 떠다니는 차원문을 통과하며 다섯 번이 넘게 근거리 공간 이동을 했다.

"분검술!"

공간 이동 중에 50개나 되는 분신들이 나타났다.

"결 검술!"

위드와 분신들이 인간과 새, 악마가 뒤섞인 매모스의 몸을 사정없이 잘라 냈다.

"크으, 취한다."

"대박이네."

유저들은 매모스와 위드의 전투를 보며 감탄을 그치지 못했다.

혼자서는 도저히 감당하기 어려운 매모스를, 정면으로 승부하여 이겨 냈다.

타오르는 용암지대에서 검술의 비기를 터트리는 전투.

이런 장면이야말로 모든 전사들이 꿈꾸던 그런 순간이 아닌가.

"이렇게 보니까 위드 님이 진짜 강하네."

"퀘스트 진행하던 때하고는 또 달라. 그땐 진짜 고생하면서 극적으로 해냈다고 여겼는데, 이제 보니 정말 강하네."

"저렇게 세니까 그런 퀘스트도 다 성공시켰지."

유저들은 위드의 전투 능력에 대해서도 재평가하게 되었다.

"확실히 장비발이야."

정작 위드는 장비에 만족하고 있는 상태였다.

얼마 전까지만 해도 사실 이렇게 강하지는 않았다.

차원문의 장갑 같은 경우는, 활용하기에 따라서 위기를 넘기고 공격 기회를 얻으며 몇 배의 전투력을 발휘할 수 있다.

더하여 대장장이 마스터들을 갈아 넣은 하늘 지배자의 갑옷.

헬리움으로 제조하여 부족한 마나를 듬뿍 채워 주고 방어력도 대단하다.

여기에 수시로 찾아오는 신들의 축복!

악마와 싸움을 벌이면 우호적인 프레야나 헤스티아를 비

롯하여 온갖 신들이 축복을 내려 준다.

'신의 축복. 이것도 평소의 신앙심이나 공헌도 그리고 명성이 작용하는 게 틀림없어.'

확실히 증명된 이론은 아니지만 확신하고 있었다.

여기에 호칭 '악마를 쓰러뜨린 자'가 추가적으로 작용된다.

중급 악마 델암을 처치하고 얻은 희귀한 호칭이었는데, 악마와 관련된 몬스터나 그 부하들을 상대로 할 때 공격력이 16% 늘어났다.

상대의 약점도 파악할 수 있어서 공격의 효율을 높이기가 좋았다.

그리하여 일반 몬스터와 싸울 때보다 적어도 2배 이상 강해지는 것이었다.

—레벨이 오르셨습니다.

—비탄의 악마족 매모스 전사가 영원한 안식에 들어갔습니다.

—위대한 업적으로 인하여 명성이 3,500 올랐습니다.

—카리스마가 1 상승하셨습니다.

—힘이 1 상승하셨습니다.

덤으로 쌓이는 전투 업적과 스텟!

위드는 속으로 악마 사냥에만 집중하는 것도 나쁘지 않다고 여겼다.

베르사 대륙의 어딘가에는 악마와 관련된 던전들도 꽤 많이 숨어 있으리라.

잘 감춰져 있을 테니 찾아내려면 발굴가나 도둑의 도움을 받아야 될 테고 또 극도로 위험할 테지만, 그만큼 얻는 것도 많을 것이다.

"다음 장소로 이동하겠습니다."

위드의 말에 유저들은 일사불란하게 움직여 조인족의 등에 탔다.

그들은 쉬지 않고 베르사 대륙을 날아다니며 몬스터들을 처치했다.

공중전이 펼쳐지기도 했으며, 지상에 대량으로 돌아다니는 녀석들에게 마법 공격도 퍼부었다.

무자비한 마법이 하늘에서 몬스터들에게 집중적으로 쏟아지는 것이다.

"으으, 완전히 쓰러지겠어."

"더 이상은 못 해……."

마법사들이 조인족들의 등에 혼절한 듯 누워 있으면 자잘한 몬스터들은 위드가 소환하는 언데드들에 의해 정리되었다.

부상당한 몬스터들이 사망하면서 경험치도 먹었으며, 다 끝난 후의 전리품들은 조인족들이 알아서 챙겨 주었다.

위드와 함께 다니는 마법사들이 할 일은 마나가 모이는 대로 마법을 쓰는 것뿐이었다.

"내 경우는 평소보다 9배는 빨리 성장하는 거 같아."

"마나 회복에 투자를 해 놓길 잘했지. 난 13배는 빨라."

"그 정도야?"

"응. 몬스터들을 몇 마리씩 데려오는 것도 아니고… 마나가 있는 대로 광역 공격 스킬을 다 쓰잖아. 사냥하는 시간도 길고."

"진작 이렇게 성장했으면 헤르메스 길드를 힘으로 격파했겠다."

마법사 유저들은 위드의 사냥법에 감탄했다.

베르사 대륙을 휩쓰는 몬스터들을 정리하는 방식으로는 너무나도 효율적이라는 생각이 들었다.

"쉬지 마! 우린 마지막 몬스터 1마리가 쓰러질 때까지 싸운다!"

"적을 보고, 정확히 노려서 쏴. 화살 보급을 해 주는 분들이 고생하시니까."

퓨슈슈슈슉!

궁수들은 마법사들과는 달리 휴식 시간도 없이 계속 화살을 쐈다.

용아병이나 강력한 몬스터들은 마법 저항력이 높은 경우가 많았는데, 그것들을 해치워야 하는 역할을 맡은 것이다.

어떤 때는 조인족들과 함께, 하늘로 날아오는 몬스터들과 치열한 공중전을 펼쳐야 했다.

"팔 힘이 없어……."

"참아 봐."

"안 돼. 한계야."

"방송 촬영하고 있다고."

"흐흐흑!"

눈물을 흘리며 계속 사냥을 하는 궁수들.

심지어 언데드가 잘 먹히지 않는 몬스터들에게는 위드도 궁수들과 합류해서 화살을 쐈다.

"화살을 우리만큼 잘 쏘네. 방송으로 나온 게 편집된 영상이 아니었네."

"특수 능력 같은 건 없어. 그냥 기본 궁술이야."

"그래도 잘 맞히잖아."

"어… 잘하네."

"마법도 쓰고, 전투도 잘하고. 무서울 정도다."

"원래 조각사였잖아. 그리고 대장장이, 재봉사에 요리사까지……."

"배도 만들던데?"

북부 대륙과 중앙 대륙 몬스터들의 큰 무리가 대대적으로 정리되면서 도시들이 조금씩 안전해졌다.

50만에 달하는 유저들이 죽기 살기로 고생을 한 덕분이었다.

위드는 바라그를 탄 채로 가끔 혼자서도 활약했다.

전사로 전직을 한 만큼, 몬스터들의 무리에 혼자 뚝 떨어졌다.

보스급 몬스터를 혼자 두들겨 패서 잡고, 나머지 잔챙이들은 언데드를 소환하면서 평정!

—경험치가 올랐습니다.

—전투 업적! 용감한 싸움꾼을 달성하셨습니다.
최대 생명력이 50 늘어났습니다.
힘이 1 증가합니다.

전투 업적을 쏠쏠하게 달성했다.

"룰루루!"

콧노래를 부르며 몸에 붕대를 감고 다음 장소로 이동!

"지독한 인간……."

"인간인지도 의심스럽다."

"저 정도 독해야 헤르메스 길드를 이기는구나."

"난 그냥 편하게 살래. 더 이상은 죽을 것 같아."

유저들도 위드의 실체에 대해 깨닫게 되었다.

멀리서 보면 몬스터들로부터 대륙을 지키기 위해 고군분투하는 모습이지만, 정작 가까이에서 보면 끊임없는 사냥과

성장을 즐기고 있었다.

"우리도 할 수 있을 것 같은데요."

"조합만 갖춰진다면… 몬스터를 잡기 좋을 것 같습니다."

네크로맨서 잔이나 다른 마법사들도 조인족들과 협력해서 몬스터 사냥단을 꾸렸다.

전투력이 위드가 이끄는 병력과 비교할 정도는 아니라서, 100~200명 정도의 유저들이 뭉쳤다.

용아병이 포함된 몬스터들은 못 잡아도, 상당한 몬스터들을 해치웠다.

북부와 중앙 대륙에 흩어져서 살던 유저들도 적극적으로 활동하고 있었다.

위드가 대규모 유저들을 이끌고 몬스터들을 정리하는 동안에도 케이베른의 활동은 계속되었다.

아이데른 왕국의 수도였던 힐쉐이드 성이 부서지고, 몬스터들의 침략으로 27개의 마을과 4개의 도시가 사라졌다.

"기적에 가까운 방어전입니다."

"네. 어마어마한 숫자의 몬스터들이 베르사 대륙을 휘젓고 다니는 것에 비해서 피해가 적습니다. 전문가들의 예상, 그러니까 헤르메스 길드 출신 유저들의 전망이 있었는데요."

"매주마다 도시만 20개 이상 파괴될 것이라고 했었죠."

"그렇습니다. 하지만 위드가 유저들과 함께 몬스터들을 크게 줄였고, 공성전에서도 높고 두터운 성벽에 의지하여 잘 막아 냈습니다."

"도시의 함락은 막았더라도 물론 피해가 없는 건 아닙니다. 성벽 바깥에서는 막대한 피해를 입고 있죠."

공성전이 백여 곳에서 동시에 진행되면서 피해가 발생할 수밖에 없었다.

드래곤의 복수

악룡 케이베른은 인간들의 문명을 파괴하기 위해 움직이고 있다.
정령과 요정이 다시 경고하고 있다.
"일주일 후에 케이베른이 헤롬으로 향하게 될 거예요."

이번에는 옛 네스트 왕국의 헤롬 성.

아름다운 베로나 강이 흐르는 유서 깊은 성이 다음 표적이 되었다.

힐쉐이드 성이 파괴될 때쯤을 전후하여, 대륙 전역에서 대규모의 몬스터들이 다시 던전 밖으로 뛰쳐나왔다.

특히 북부 대륙은 미개척 지역에서 몬스터들이 흘러나오면서 유저들이 이를 막기 위한 전투에 총동원되었다.

"아직, 아직이야……."

위드는 가슴 깊은 곳에서 분노가 일어났지만 그럼에도 꾹

꾹 눌러 참았다.

"사냥에 성공만 해 봐라. 이빨부터 꼬리까지, 몽땅 챙겨 주마."

시간이 흐르는 만큼 레벨도 착착 오르고 있었다.

하지만 아르펜 제국의 치안은 계속 악화되었고, 상단이 파괴되거나 여행을 하던 유저들이 몬스터에 의해 죽는 경우가 늘어났다.

"시간을 아껴야 해. 효율적으로 움직여야 한다. 지금 케이베른을 막을 수는 없어."

-레벨이 올랐습니다.

레벨 524.

위드는 몬스터 무리를 해치우며 스스로와 유저들을 성장시켰다.

그사이에 모라타의 대도서관에서는 케이베른에 대한 기록들을 남김없이 찾고 있었다.

-케이베른과 관련된 자료 서른일곱 건을 입수했습니다.

위드는 유린이 마판에게서 받아 온 기록들을 받아서 읽었다.

-케이베른에 대한 정보를 수집했습니다.

블랙 드래곤 케이베른.

폭군, 악룡이라는 별명으로도 유명한 이 드래곤의 나이는 약 1,700살 정도로 추정된다.
어릴 때에는 대륙의 여러 곳을 여행하였고 직접 역사적인 사건들에 관여하기도 했다.

파푸아킨의 혈사(기록 확인)
제너드의 모욕(기록 확인)
살육자(기록 확인)
검은 전사(알지 못함)
푸른 이끼(알지 못함)
흑마법의 도약(알지 못함)
니플하임 제국의 굴욕(기록 확인)

케이베른은 자존심이 강하고 폭력적이다.
보석과 술, 맛있는 요리를 좋아한다.
때때로 교묘한 방법으로 약속을 어기기도 하며, 신뢰할 수 없는 존재이다.

퀘스트를 위한 정보 수집 진행률 62%.

파푸아킨의 혈사나 제너드의 모욕 등은 베르사 대륙의 역사에 기록된 사건들이었다.

하루아침에 멸망한 도시들, 그 일들이 모두 케이베른과 연관이 있었다.

파푸아킨의 혈사 #2

오오, 하늘이 노여워하고 있다.

건물과 사람이 타며 내뿜는 시커먼 연기가 도시를 뒤덮고 있다. 땅에는 맹독을 가진 쥐들이 미친 듯이 뛰어다닌다.

이곳이 정녕, 대륙 최대의 도시인 브리튼의 항구가 맞단 말인가.

이 모든 일의 원인은 케이베른이다.

1년 전 그 드래곤은 시청으로 날아와서 요구하였다.

-황금을 모아서 나를 위한 성을 지어라. 그러면 너희에게 모든 왕국을 평정할 수 있는 마법의 힘을 주겠다. 하지만 약속을 어기고 성을 짓지 않는다면 그만한 대가를 치러야 하리라.

두려움에 떨던 가여운 시장 맨하트는 그 제안을 덥석 받아들이고 말았다. 하기야 드래곤의 위력 앞에 누가 거절을 할 수 있으랴.

도시 내의 금붙이를 몽땅 녹여서 드래곤을 위한 성을 짓는 작업을 시작하였다.

그 건설 작업은 영문을 알 수 없는 전염병의 발생과 지반의 붕괴 등으로 늦춰졌고… 마침내 1년째 되는 날에도 절반밖에 만들어지지 못했다.

악룡 케이베른이 나타나는 날, 도시의 모든 사람들이 숨을 죽이고 하늘을 올려다보았다.

-미숙한 인간들. 나의 관대한 제안조차도 해내지 못하는구나. 그러나 나는 약속을 어긴 너희를 용서할 것이다.

정말 뜻밖에도, 케이베른은 토르 지역에 퍼져 있는 최악의 평판과는 다르게 온정을 베풀었다.

우린 성을 짓던 황금을 빼앗겼지만, 안도할 수 있었다.

그로부터 20여 일이 지나, 두려움에 떨며 흩어져 있던 파푸아킨의 주민들이 모두 돌아왔다. 도시가 정상으로 돌아가려고 할 때, 악룡 케이베른이 다시 찾아왔다.

-너희는 멸망해야 마땅한 족속들이다!

"드래곤이시여… 우리를 벌하지 않겠다고 말하지 않으셨습니까!"

-약속을 어긴 것은 벌하지 않는다. 하지만 너희는 멸망해야 마땅한 존재들이다.

시장 맨하트가 용기를 내서 물었지만 불에 타 죽었다.

우린 비로소 알 수 있었다. 이 모든 것이 드래곤의 음모였다는 것을…….

The Legendary Moonlight Sculptor

퀘스트의 갈림길

위드는 파푸아킨의 혈사에 대한 기록을 읽으면서 미심쩍은 기분을 느꼈다.

"케이베른이 이전에도 인간들을 공격했어? 원래 악룡이라는 별명이 붙었으니 그랬을 법도 하지만……."

전과가 있으니만큼 더 믿을 수 없는 존재!

왠지 상습범의 냄새가 풀풀 나는 것이다.

그로부터 이틀이 지나자, 중앙 대륙에서도 제보가 도착했다.

케이베른이 인간 용병으로 활동하던 검은 전사, 마법 창조물인 푸른 이끼에 대한 정보를 얻어 냈다.

검은 전사는 대지의 교단과 관련이 있었는데, 지금은 사라진 성물인 땅의 망치를 훔쳐 간 것이었다.

"아주 마음대로 해 먹고 살았구나."

위드가 혼자 알아내려고 했다면 수개월은 걸렸을 정보가 유저들의 도움으로 빠르게 확보되었다.

띠링!

진정한 용사 완료

블랙 드래곤 케이베른, 그의 과거에 대해 알아 갈수록 공포가 무엇인지를 알게 되었습니다.
연약한 생명체들을 희롱하며 짓밟는 악룡.
그가 지금까지 대륙의 인간이나 엘프, 드워프에게 입힌 피해는 실로 어마어마한 것입니다. 모든 종족들이 케이베른을 물리치길 원할 것입니다.
용사여… 아직 케이베른을 막기 위한 실낱같은 희망은 남아 있습니다.
옥턴의 현자 브리오를 만나 이야기를 나누십시오.

–퀘스트에 대한 보상으로 모든 스텟이 5 증가합니다.

–현자 브리오와 대화를 나누면 용사의 선택 연계 퀘스트로 이어지게 됩니다.

"으음, 옥턴이라……."

위드는 조금이지만 곤란함을 느꼈다.

현자 브리오가 사는 옥턴은 하필이면 하벤 지역에 속해 있는 도시였다.

“날 보면 헤르메스 길드가 가만히 있지 않을 텐데…….”

“병력 준비할까요?”

정보를 가져온 레몬이 씩씩하게 말했다.

그녀의 생각으로는, 악룡 케이베른을 막기 위해 하벤 지역으로 들어가야 한다면 엄청난 유저들이 모일 것 같았다.

가르나프 평원에서처럼 병력을 동원하지는 못하더라도, 헤르메스 길드도 크게 약해졌다. 어느 정도의 규모만 된다면 충분히 하벤 지역을 정복할 수 있다고 봤다.

‘그러면 바로 베르사 대륙 통일인데?’

위드의 머릿속에 순간 여러 가지 이득이 스쳐 지나갔다.

유니콘사에서는 전 대륙을 통일한 이에게 막대한 상금을 걸었다.

최초의 통일 황제라는 위업도 무시 못 할 영광이다.

당연히 욕심이 나는 상황이긴 하지만, 적을 얕보는 것만큼 위험한 판단도 없었다.

막다른 길에 몰린 헤르메스 길드에서 죽기 살기로 저항한다면 도시 하나, 요새 하나를 얻을 때마다 치열한 공방전을 펼쳐야 하리라.

큰 전투에서 패배하고 대륙에서 철수했지만, 하벤 지역은 천혐의 요새였다.

‘무리해서 공격하는 사이에 케이베른과 몬스터들에 의해 대륙이 초토화될 수도 있다. 스스로 양쪽에 적을 두는 것과

마찬가지야.'

위드는 우선순위를 확실히 정했다.

"아뇨. 지금은 시간을 아껴야 될 것 같군요. 헤르메스 길드를 무시할 수는 없습니다. 그냥 조용히 다녀오도록 하죠."

위드는 유린을 데리고 그림 이동술로 몰래 옥턴에 잠입했다.

학문의 도시 옥턴.

거리는 한산하고 유저들도 거의 찾아볼 수 없었다.

하벤 지역의 유저들이 급격히 줄어들기도 했지만, 본래 지도 제작술이나 식물학, 몬스터 특성, 역사학 등을 배울 수 있는 옥턴은 모험가들 외에는 인기가 없는 도시였다.

현자 브리오는 큰 저택에 살고 있었기에 금세 찾아서 도착했다.

정문에 경비병들이 서 있었다.

"무슨 일로……. 헉, 역사를 새로 쓰는 모험가이며……."

"됐어. 들어간다."

위드의 명성으로 정문을 가볍게 넘어서서 정원에 있는 현자 브리오를 만났다.

그는 새하얗게 머리가 세어 있는 노인이었다.

"이제야 오셨군요. 새로운 발걸음을 만들어 가는 명예로운 분이여……."

"현명한 분을 뵙게 되어 영광입니다. 위드입니다."

위드는 아르펜 제국의 황제임에도 불구하고 권위를 내세우지 않았다.

황제라는 직위로 평범한 주민들에게는 명령만 내려도 되었지만, 아부를 하는 것이 훨씬 익숙했다.

위드가 무거운 목소리로 말했다.

"악룡 케이베른으로 세상이 혼란스러워졌습니다. 그를 막기 위해 왔습니다."

"반드시 막아야지요. 하지만 드래곤을 막는 것은 인간의 힘으로 쉬운 일이 아닙니다. 위험하고… 또 위험합니다. 용사에게 날카로운 검이 있다고 해도 말이지요."

브리오는 악룡 케이베른에 대한 이야기를 몇 가지 꺼냈다.

드워프 왕국 토르에서 얼마나 큰 행패를 부렸는지가 중심이었고, 레어에 있을 보물에 대해서도 말했다.

"전쟁의 시대에 여러 왕국들은 주기적으로 보물을 바쳤습니다. 드워프에게는 당연한 의무였고, 몬스터들도 얻은 금은보화를 케이베른에게 바치고 힘을 얻었습니다."

"힘을요?"

"육체를 강화하거나 지능을 얻어서 부족을 다스리기 위함이었죠. 케이베른의 레어에는 아마도 다른 드래곤들보다 훨씬 많은 보물이 잠자고 있을 것입니다."

꿀꺽.

위드의 입가에 자연스럽게 고이는 군침.

브리오는 수염을 쓰다듬으며 말을 이었다.

"심지어는 젊어지는 마법도 있다고 하지요."

"젊어지는 마법요?"

"육체를 다시 어려지게 하는 것입니다. 그리고 레어에 쌓여 있을 보물을 얻게 되면 대륙 최고의 부자가 되어 완벽히 팔자를……."

꼴깍.

꿀꺽!

이번에는 브리오와 위드가 거의 동시에 침을 삼켰다.

"……."

"……."

현자 브리오!

그는 대단한 지식을 가지고 있지만, 한편으로 돈을 밝힌다는 소문도 있었다.

'소문이 맞는 것 같군. 물증은 없지만 심증이 있어. 그럴 때가 더 정확하지.'

위드는 잔잔하게 미소를 지었다.

자존심이 강하고 고집스러운 현자보다는, 욕심이 많은 편이 낫다. 끼리끼리 논다고, 대화가 훨씬 잘 통하기 때문이다.

"흠흠, 적어도 수백 년 동안 모아 온 드래곤의 보물입니다. 얻기 쉽지는 않겠지요. 인간들을 공격하는 케이베른을 막을 방법은 두 가지가 있습니다."

"두 가지나 됩니까?"

"하나는 용사가 휘두르는 날카로운 검이고, 다른 하나는 타협입니다."

"타협이라……."

"케이베른이 좋아하는 것은 결국 보물입니다. 그를 만족시킬 수 있을 정도의 귀한 보물을 바친다면, 대륙은 이 위기를 무사히 넘길 수 있을 것입니다."

띠링!

—선택의 갈림길이 나타났습니다.
블랙 드래곤 케이베른은 인간의 힘으로는 꺾기 어려운 존재입니다.
세상을 구하기 위해 그에게 대항할 것입니까, 아니면 진귀한 보물을 바치고 목숨을 구걸할 것입니까.
결정에 따라 퀘스트 진행 방향이 달라집니다.

'흠, 싸울 것이냐, 보물을 바치고 적당히 타협을 할 것이냐를 선택해야 하는군.'

경제적인 효율을 따지자면 더 이상의 도시 파괴는 없도록 보물을 바치는 것도 나쁘진 않을 것 같았다.

케이베른을 진정시키고 하벤 지역을 정복하면, 통일 황제라는 실리를 얻게 된다.

물론 보물을 주는 쪽으로 결정한다면 언젠가 복수는 당연히 해야 한다.

'나중에 케이베른을 없애고 드래곤의 보물을 얻으면 돼. 그렇게만 되면 더 바랄 게 없는데……'

블랙 드래곤 케이베른은 너무 강하기 때문에, 전투를 피할 수 있다는 건 큰 유혹이었다.

"궁금한 점이 있습니다."

"무엇을 알고 싶으십니까?"

"케이베른이 만족하려면 어느 정도의 보물을 바쳐야 할까요?"

브리오는 수염을 쓰다듬으며 잘 꾸며진 정원으로 시선을 옮겼다.

"드래곤의 탐욕을 충족시켜 주려면 정원 가득 황금을 쌓아야 합니다."

"쌓는다고요?"

"그야말로 산더미처럼 주어야지요."

"……."

"아니라면 가장 진귀한 물품을 200개 정도 바치면 될 것입니다. 보석, 예술품, 마법 물품. 위대한 분께서 지금 입고 있는 갑옷이나 검 정도면 케이베른도 받을 것입니다."

막 전투를 펼치다가 유린의 그림 이동술로 왔다.

평범한 여행복을 위에 입고 있긴 했지만, 안에는 파비오와 헤르만이 다시 크기를 줄여 준 하늘 지배자의 갑옷을 착용하고 있었다.

더구나 최고의 검이라고 할 수 있는 로아의 명검까지.

'이것들을 다 주어야 한다고?'

위드가 소유한 장비와 보물 중에서 드래곤을 만족시킬 수 있는 물품은 대략 스무 가지 정도는 될 것이다.

'이걸 다 주더라도 턱없이 모자라다.'

모라타의 예술 회관 등에 있는 대작 조각품도 여기에 더하고, 모험가나 상인으로부터 평화를 위해 상납받을 수도 있다.

그렇지만 그 모든 것들이 공짜는 아니리라.

마판과도, 거래에 있어서는 1쿠퍼까지 정확히 계산하여 나누고 있었다.

'아르펜 제국의 세금 수입을 감안하면 나중에 어떻게든 복구는 되겠지만… 이건 밥상에 숟가락을 올리는 정도가 아니로구나.'

밥상을 통째로 뺏어 먹고, 탕수육에 치킨까지 1마리 시켜 달라는 것과 마찬가지!

'완전 양아치 드래곤이네. 게다가 현자라니… 중간에 끼어서 협상을 중개하는 게 의심스러운데. 세상에 믿을 놈이 없잖아.'

베르사 대륙의 현자라는 존재들은 아는 것이 많고 똑똑하다지만, 그들이 모두 선한 것은 아니다.

'현실에서도 똑똑한 놈들이 사기와 삥땅을 더 잘 치는 거야.'

세상에 믿을 놈이 없으니 배달 사고도 당연히 의심되었다.

현자 브리오가 양심이 있다면 1~2개, 혹은 속이 시커먼 도둑놈이라면 눈 딱 감고 절반까지 챙겨 갈 수도 있다.

'그러고 보면 찝찝해. 케이베른에 대해 모아 놨던 정보들도… 인간의 뒤통수를 치기 상당히 좋아한다는 내용이었어.'

위드는 잠시 고민하긴 했지만 결정을 내렸다.

"이미 많은 피가 흘렀습니다. 이 검으로 케이베른을 벨 수 있을지는 모르지만 물러서진 않겠습니다."

"잘 생각해 보십시오. 케이베른은 인간이 감당하기에는 힘든 존재입니다. 드래곤에게 고개를 숙인다고 용사의 드높은 명예가 훼손되지는 않을 것입니다."

"인간이 무시받아야 할 이유는 없습니다. 지금 케이베른에게 굴복한다면 그의 탐욕이 여기서 끝나리란 보장은 없습니다. 토르의 드워프들처럼 끊임없이 수탈을 당하겠지요."

띠링!

> ─퀘스트의 중대 선택을 마쳤습니다.
> 세상을 구하기 위해 블랙 드래곤 케이베른과 싸우기로 결심했습니다.

> ─블랙 드래곤 케이베른은 믿어서는 안 되는 위험한 존재입니다.
> 입수한 정보를 바탕으로 올바른 판단을 내렸습니다.
> 통찰력이 영구적으로 15 증가합니다.

"으음."
속지 않아서 천만다행이었다.
'정말 세상에 믿을 놈이 없어.'
현자 브리오가 아쉽다는 듯이 말했다.
"전투만이 답은 아닙니다. 제가 나서면 케이베른을 확실히 진정시킬 자신이 있는데……."
"……."
위드는 살짝 고민을 했다.
'이걸 확 죽여? 이 건물 지하실 같은 곳을 뒤져 보면 삥땅쳐 놓은 보물들이 산더미처럼 있는 거 아냐?'
도둑과 현자는 한 끗 차이.
브리오는 다행스럽게도 퀘스트와 관련된 이야기를 시작했다.
"날카로운 검은 용사의 눈과 마음을 흐리게 하지요. 무모한 길이지만, 케이베른을 상대로 검을 휘두르는 선택을 했던 이가 과거에도 있었다고 합니다. 하프 엘프 비슈르지요. 하지만 그녀는 미궁 조드로 떠난 후 다시는 나타나지 않았습니다."
"안 나타났다고요?"
"예, 사라졌습니다. 하지만 그녀를 구할 수만 있다면 케이베른과 싸우는 데 큰 도움이 될 것입니다."

하프 엘프 비슈르

오랜 과거, 블랙 드래곤 케이베른을 상대로 검을 뽑았던 하프 엘프 비슈르가 있었다.

인간과 엘프의 혼혈인 그녀는 정령술과 검술을 동시에 궁극의 경지까지 익힌 영웅.

"케이베른의 만행에 꽃과 나무가 울부짖고 있어요. 더 큰 위험이 닥치기 전에 반드시 막아야 해요."

미궁 조드로 가서 사라진 그녀를 찾아야 한다.

난이도 : S

퀘스트 제한 : 대륙을 구하는 영웅.
가장 높은 모험 명성.

—어떤 상황에서도 거부할 수 없는 퀘스트입니다.

—퀘스트가 수락되었습니다.

'하프 엘프 비슈르라면 엘프 종족의 실종된 영웅인가. 엘프들과도 연결이 되는군.'

위드는 기다리고 있던 유린을 만나서 학문의 도시 옥턴을 조용히 빠져나왔다.

마판과 만난 후에 베르사 대륙의 모든 유저들에게 공지했다.

—케이베른을 막기 위해 하프 엘프 비슈르, 미궁 조드의 위치에 대한 정보를 수집합니다. 필요한 정보를 제공해 주시는 분께는 사례합니다.

하프 엘프 비슈르에 대해서는 그 즉시 엘프 유저들의 제보가 잇따랐다.

—정확한 건 아니에요. 근데 엘프 장로가 잠깐 말한 적이 있는데, 인간이기도 하면서 엘프인 위대한 검사가 있었다고 했어요.

—동부 숲에서 엘프 역사상 최강자가 태어났대요.

—저도 그 이야기 들은 적 있음. 땅과 바람의 축복을 타고나, 궁술 마스터에 다다른 엘프 이야기.

—탄노마의 정령 사건을 해결한 엘프의 이름이 비슈르였던 것 같은데.

—위의 분 말씀 동감. 탄노마에서 F급이랑 E급 퀘스트 하면서 땅에 묻혀 있던 나무뿌리에 비슈르 이름 적힌 거 봤어요. 별거 아니라고 생각했는데, 골동품 상점에서 3만 골드에 사서 깜짝 놀람.

—엘프족으로 레벨 510인 하루나입니다. 숲에서만 쭈욱 생활해서 장로분들과 친하게 지내는데요. 꽃을 지키는 임무를 수행하느라 가르나프 평원 전투에 참석하지 못해서 죄송합니다. 이번에 위드님 퀘스트로 장로님들에게 물어봤습니다. 나무들이 불에 타자 복수를 위해 검을 들었던 엘프가 있었대요.

엘프들을 통해 하프 엘프 비슈르에 대한 정보가 착착 수집되었다.

미궁 조드에 대한 이야기는 시간이 조금 걸렸다. 지금까지 전혀 알려지지 않았던 던전이었기 때문이다.

—미궁 조드가 대체 어디죠? 완전히 처음 듣는 이름인데.

—쿠클란은 제가 집처럼 잘 알고 있습니다. 레벨 700~800대의 던전들이 몇 개 숨겨져 있긴 하지만 미궁의 구조는 아닙니다.

—사이페스 지역에도 미궁 조드는 없어요. 여기서 지금까지 발굴된 던전은 다 들어가 봤는데, 장담합니다. 모험가 곰달의 이름을 걸 수도 있습니다.

—모라타의 대도서관을 싹 뒤져 보고 있습니다만, 미궁 조드는 아무리 봐도 없네요.

—엘프의 숲을 수색해 볼 필요가 있지 않을까요?

—우드 엘프 조랑입니다. 엘프들도 모두 나서서 찾아보고 있어요. 엘프들은 원래 숲에서 퀘스트를 발견하며 진행하기에 나름 지역에 대해서 잘 압니다. 그런데 없는 것 같아요.

상당수의 유저들이 자신의 일처럼 나서 주었다.

위드가 진행하는 용사 퀘스트에 참여하는 게 유행처럼 번져 나간다.

뜻하지 않게 게시판에 불이 붙었다.

-제발 찾아 주십시오. 마법사 존테입니다. 위드 님의 퀘스트 참여 시작하고 아흐레째 사냥 중인데요. 처음에는 한국식 단기 속성 렙 업 과정이라고 소개를 하더라고요? 아싸, 좋구나 했죠. 그 이후로 레벨은 확실히 17개나 올랐습니다만, 그동안 먹은 건 보리 빵과 나무 열매, 풀죽이 다입니다. 밥 먹을 시간이 없어요.

-궁수 보록터입니다. 위의 분과 같이 사냥하고 있는데, 이곳을 소개하자면 사냥 지옥입니다. 첫날부터 화살을 다 쏘고 쉬는 게 희망이었는데, 조인족 보급 부대가 화살 30만 발을 들고 뒤따라오고 있는 걸 봤습니다.

-모라타의 대장장이입니다. 현재 2시간에 100만 개씩 화살을 만들고 있습니다.

-기계가 됩시다. 그냥 화살을 쏩시다. 레벨이 몇이 되었는지 궁술 스킬이 올랐는지도 모르겠지만, 그냥 삽시다.

-저는 미국인입니다. 도대체 한국은 어떤 국가입니까? 어떤 문화와 철학을 가지고 있는 거죠? 위드가 처음에 이렇게 말했습니다. "다른 사람들보다 약한 건 걱정하지 마세요. 조금의 노가다면 됩니다. 바로 시작하면 되죠. 언제 끝날지는 모르겠지만." 진짜 괴로워서 견디기 힘들 때도 말했죠. "시험 전에 벼락치기를 한다고 생각하세요. 다 끝나면 좋은 추억일 겁니다. 엄청 좋은 추억이죠. 뭐든 할 수 있는 인내심과 자신감이 길러질 테니까요." 몰래 도망치고 싶었습니다. 근데 위드가 또 말했습니다. "노가다를 하며 몸은 견딜 수 있습니다. 힘든 건 마음이죠. 힘들다, 그만하고 싶다는 마

음까지 버리세요. 조금만 더 있으면 괜찮아질 겁니다. 인간이란 정말 적응력이 뛰어나거든요." 우리 사냥 팀은 위드를 존경하면서 시작했고, 지금은 두렵습니다. 어제는 꿈도 꾸었습니다. 꿈에서 위드가 말하더군요. "사냥이 즐겁죠? 크헤헤헷. 열심히 하는 분들은 케이베른을 잡고 나서도 영원히 저와 같이 다닐 수 있을 겁니다. 힘내세요." 악마예요, 악마. 케이베른보다도, 위드가 바로 악마인 것입니다. 그와 초창기부터 함께했던 페일 님이 존경스럽습니다. 어째서 뒤늦게 시작하고도 그렇게 빨리 강해졌는지, 그 비결은 사냥터나 스킬이 아니었습니다. 노가다죠. 위드와 이런 노가다를 틈틈이 하셨을 테니 강해지지 않을 도리가 없었을 겁니다.

−제 이름은 밝히지 않겠습니다. 우린 노예입니다. 아무것도 생각하지 않습니다. 그냥 사냥만 할 겁니다. 언젠가 이 지옥에서 제발 구해 주세요. 사람답게 살고 싶습니다. 맹세합니다. 언제나 초보들을 배려하며 착하게 살겠습니다.

위드의 퀘스트를 함께하기로 한 유저들은 서서히 사냥 노예처럼 바뀌어 가고 있었다. 방송의 영향 때문에 벗어나지도 못하는 신세였다.

그렇지만 그들 사이에는 은근히 즐기는 분위기도 있었다.

매우 고되고 힘들지만, 묘하게 뿌듯한 기분이 한 번씩 들기도 한달까.

믿기지 않을 정도로 많은 몬스터들을 마주쳐도 두렵지 않았다.

악룡 케이베른과 싸울 날마저 반갑게 기다려졌다.

평소에는 거들떠보지도 않던 보리 빵이 갑자기 맛있어지고, 10초 정도 눈만 감고 있어도 행복해졌다.

-사냥 팀에 속해 있습니다. 지금은 하루하루가 힘들지만 희망이 있어요. 우린 이걸 끝내고 영웅이 될 겁니다.

-아무것도 두렵지 않아요, 하하하하.

-위드 님만 따라다니면 될 것 같군요. 방송으로 나온 저를 보고 가족이나 친구들이 부러워하고 있습니다. 어젠 마법 주문 외우는 속도가 빠르다고 칭찬도 받았습니다. 제 인생을 위드 님에게 맡길 겁니다. 음, 좋은 선택이냐고요? 모르겠어요. 근데 그래야 편할 것 같아요.

괴로움, 슬픔, 좌절까지 다 벗어던진, 무념의 상태!

로열 로드에서도 손꼽히는 엘리트들이었지만, 사냥터에서 막 굴리니 죽지 못해 적응이 되어 가는 모습이었다.

위드는 고요의 사막에 모래 폭풍이 생성되었다는 소식을 들었다.

"비슈르나 조드에 대해서는 정보가 조금 더 모여야 하고… 그렇다면 직업부터 해결해야 되겠군."

유린의 그림 이동술로 최대한 가까운 사막 마을로 옮겨 온 후에 낙타를 타고 미친 듯이 달려서 도착했다.

고요의 사막.

반경 3킬로미터에 달하는 폭풍이 일어나고 있었다.

모래가 하늘로 빨려 들어가며 세상의 빛을 잡아먹는 신비로운 광경.

"태양의 눈이라. 확실히 별명이 붙을 정도로 거칠긴 하군."

바람이 사방을 휩쓸고 모래가 미친 듯이 춤을 추고 있었다.

먼저 와서 기다리고 있던 검오치가 걱정스러운 표정으로 말했다.

"폭풍이 생각보다도 큰데 괜찮겠냐?"

"예."

위드는 하늘 지배자의 갑옷부터, 방어구를 하나씩 벗었다.

퀘스트를 위해서는 무기 하나 외에 장비의 도움을 일절 받지 않고 맨몸으로 폭풍을 걸어가야 한다.

웬만한 심장으로는 겁이 나서 힘든 일이었다.

"다녀오겠습니다."

"그래. 멋지게 해치워라."

위드는 검오치와 수련생들, 그리고 사막 부족들의 응원을 받으며 걸어갔다.

모래 구릉을 잔뜩 메우고 있는 유저들도 있었다.

그동안 사막에서 죽기 살기로 사냥을 하던 유저들이 구경을 온 것이다.

—모래바람이 거세게 불고 있습니다.
생명력이 매초마다 160씩 감소합니다.

방어구가 없는 탓인지 모래 폭풍의 반경에 들자마자 피해를 입기 시작했다.

'벌써부터 이렇다니 만만치 않겠군.'

위드는 사막의 대제왕 시절과는 모든 면에서 다르다는 점을 인정했다.

그땐 대단한 능력을 가진 쌍봉낙타를 타고 돌격하여, 하늘과 사막을 한꺼번에 갈라 버리는 위력으로 검을 내려치며 폭풍을 부쉈다.

'레벨 차이가 대략 300 정도. 비교가 안 되는 신체 능력이긴 하지.'

—모래바람이 몸에 스치고 있습니다.
생명력이 매초마다 280씩 감소합니다.
어떤 환경에 놓이더라도 버틸 수 있는 높은 인내와 맷집으로, 줄어드는 생명력을 절반으로 감소시킵니다.

조각사, 네크로맨서를 거치면서 전사로 쭉 큰 것에 비해서 힘과 민첩, 생명력과 맷집 등도 훨씬 떨어졌다.

위드는 생명력이 다 떨어지기 전에 빨리 움직이는 것이 핵심이라고 생각했다.

'그동안 해치운 모험이 있으니 이 정도는 해내야지.'

그렇지만 모래 폭풍에 절반 정도 다가가자 생명력이 매초마다 350씩 감소했다.

"눈 질끈 감기!"

눈을 감아서 방어력을 높이고, 오랜만에 피부를 단단하게 만드는 스톤 스킨도 사용했다. 그러자 소모되는 생명력이 100 이하로 줄어들었다.

마스터에 달하는 붕대 감기로도 생명력을 회복할 수 있지만, 소모품의 사용도 금지되어 있어서 쓸 수가 없었다.

위드는 바람에 휘말려 하늘로 날아가지 않도록 몸을 낮추고 한 걸음씩 걸어야만 했다.

> −인내력이 1 증가합니다.

인내와 맷집이 전사의 기본.

앞으로 걷기 위해서는 힘과 체력도 필요하다.

모래 폭풍이라는 극한의 환경 속에서 견디며 전진하니 인내력이 올랐다.

'사막의 대제왕 시절에는 그냥 달려가서 베어 버렸는데… 기

본적인 힘에서 차이가 너무 커. 게다가 생명력이 너무 낮아.'

생명력은 12만 8천.

오랜 기간 조각사로 성장하면서, 레벨이 올라도 생명력의 최대치는 그다지 늘어나지 않았다.

불꽃의 성배와 하늘 지배자의 갑옷 등이 최대 생명력을 늘려 주었지만 기본적으로는 처참한 상태.

다재다능한 능력을 가지고 있지만 낮은 생명력은 극복되기 힘든 약점이었다.

난이도 S급의 퀘스트도 여럿 깼지만 지금처럼 몸으로 뚫고 부숴야 하는 의뢰는 난이도가 A급이라고 해도 결코 쉬운 게 아니었다.

―몰아치는 모래바람이 살갗을 파고듭니다.

막대한 피해!
생명력이 9,286 감소했습니다!

모래 폭풍에 깊게 들어갈수록 피해가 커졌다. 온몸이 따갑고 아팠으며, 한 치 앞을 보기가 어려웠다.

남아 있는 생명력은 6만!

위드는 바람에 몸이 공중으로 날릴 것만 같았다. 그리고 그렇게 되면 죽음뿐이라는 걸 깨달았다.

'퀘스트도 실패다.'

약한 몸으로 도저히 폭풍에 진입할 수가 없었다.

지금까지 쭉 전사가 아니었던 탓에, 조각사의 장점을 살릴 수 없는 퀘스트는 감당하기 어려웠다.

'조각 파괴술로 맷집을 늘려? 그래도 힘이 너무 낮아서 장담할 수 없는데.'

방어력을 높이고 다시 도전하는 것도 고려해 보았다. 하지만 힘이나 민첩이 부족해도 폭풍의 중심부로 걸어 들어갈 수는 없다.

'어느 하나를 높이더라도 나머지가 전반적으로 모두 부족해. 그동안 노가다로 스텟을 올려놓긴 했지만… 여기서 포기해야 하나?'

그 순간 잔머리가 돌아가면서 실낱같은 가능성, 정상적이지 않은 방법이 떠올랐다.

'잘못되면 영락없이 죽을 텐데… 아니, 오히려 안전해지려나? 망설여선 안 돼. 시간을 끌면 상황이 더 안 좋아질 거야.'

위드는 결심이 서자마자 땅으로 엎드렸다.

"네발 뛰기!"

다다다닥!

오랜만에 사용하는 스킬로, 말처럼 경쾌하게 달리는 위드!

—모래 폭풍이 당신의 몸을 강타합니다.

생명력이 7,286 감소합니다.

—바람을 등에 받고 있습니다.
이동속도가 198% 증가합니다.

모래 폭풍을 정면으로 뚫는 것이 아니었다.

위드는 불어오는 바람에 몸을 맡기고 비스듬히 달리며 속도를 높였다.

소용돌이치는 바람과 함께 돌면서 달렸다.

—놀라운 업적, 최고속 경신!
전설적인 명마보다 빠르게 달리고 있습니다.
민첩이 영구적으로 6 증가합니다.
이동속도가 추가적으로 10%까지 늘어납니다.

—호칭! 바람의 전사를 획득하셨습니다.
인간의 한계를 초월한 이동속도!
당신이 마음먹고 움직인다면 몬스터들도 따라오지 못할 것입니다.
이동 스킬, 바람 질주를 얻었습니다.

위드는 빛조차 집어삼키는 모래 폭풍 속에서 조금씩 안으로 들어갔다.

바람의 힘이 점점 거세지면서 막강해진다. 그러나 바람과 비슷하게 빨라지니 생명력의 손실도 줄일 수 있었다.

그렇게 이동속도가 정점에 달했다고 느낀 순간!

"조각 파괴술! 이 모든 것이 맺집이 되어라."

-조각 파괴술을 사용하셨습니다.

3,800이 넘는 예술 스텟.

그것을 전부 육체의 방어 능력을 높이는 데 사용.

적어도 열 가지 이상의 보호 스킬들이 몸에 적용되었다.

최대 생명력도 대폭 늘어나게 되었다.

"타앗!"

위드는 전력을 다해 모래 폭풍의 중심으로 뛰어들었다.

건물을 부수고 땅을 헤집어 놓는, 거대한 모래바람의 흐름.

바람의 장벽을, 속도를 바탕으로 몸을 던져서 뚫어 내려 했다.

"눈 질끈 감기!"

생명력이 줄어드는 메시지 창이 계속 떴다.

칼날 같은 모래바람에 맞으며 버틸 수는 있었지만 그게 전부였다.

결국 몸이 하늘로 떠오르고, 모래 폭풍에 휘말리면서 회전했다.

모든 것이 틀린 것 같았지만 그래도 포기하지 않고 있던 어느 한순간.

휘몰아치는 바람이 약해지며 정적마저 느껴지는 그 찰나가 왔다.

'됐다.'

모래 폭풍을 정면으로 뚫지 못한다면 그냥 몸을 던져서 들어오는 단순한 방법.

"신성한 불."

화르륵!

여신 헤스티아의 선물인 신성한 불이 로아의 명검을 화려하게 타오르게 만들었다.

"용암의 강!"

위드는 하늘에서 망설임 없이 스킬을 터트렸다.

바로바.

그는 로열 로드를 칼라모르에서 시작한 전사 유저였다.

"남자라면 전사야, 전사. 다른 직업은 애들 장난과 같지."

든든한 맷집과 강한 공격력.

오직 창과 도끼만을 다룰 뿐, 활은 취향도 아니었고 마법은 쓰고 싶지도 않았다.

몬스터들과 가까운 거리에서 격렬하게 싸우는 것이 좋았기 때문이다.

"어디 재밌게 붙어 보자."

사냥터에서 빠르게 성장했고, 얼마 후부터 베르사 대륙의 주민들은 이야기했다.

"싸움꾼 바로바에 대해서 알고 있나? 혼자서 그롬바 던전을 전부 쓸어버렸다는군."

"쿠훌란의 유령들이 바로바라는 전사 때문에 몽땅 도망쳤다는 소식이야!"

"뱅거슨 마을을 침략한 몬스터들이 전사 바로바의 활약으로 퇴치되었다고 해."

베르사 대륙에서 전투 명성을 크게 날렸다.

그 당시에 위드가 리치 샤이어가 이끄는 불사의 군단을 퇴치했다는 소식을 듣기도 했지만, 코웃음을 치며 넘겼다.

"조각사라고? 할 일 없는 광대들이나 그런 쇼를 보고 좋아하지. 나랑 정면에서 붙으면 꼼짝도 못 할걸."

중앙 대륙 출신의 강자들이 위드를 대하는 일반적인 태도였다.

퀘스트는 부수적인 요소에 불과했고, 진정한 강함은 레벨과 사냥 능력으로 평가했다.

바로바는 이후로도 길드의 가입 요청이나 방송 인터뷰 제안도 전부 거절하고 오로지 사냥만 했다.

사냥, 사냥, 사냥.

필요하다면 전투 퀘스트도 했고, 그렇게 명성을 날렸다.

헤르메스 길드의 가입 요청도 왔지만 그는 고민 끝에 거절했다.

"세력에 속해서 힘자랑이나 하고 싶은 마음은 없다. 약한 놈이 아니라 강한 놈을 잡고 싶다."

바로바는 그 이후로 헤르메스 길드의 박해를 받아서 사냥터의 이용에 제한이 생겼다. 척살령이 떨어져서 몇 번이나 목숨도 잃었지만, 소신은 지켰다.

결국에는 사람들이 드문 남부 사막으로 밀려나긴 했지만 타고난 전사는 자신이라는 믿음만은 확고했다.

"전사는 전투력으로 증명하면 되는 거야."

위드가 어떤 모험을 했다 해도 시큰둥하게 들었다.

"전투 스킬이 아닌 편법이지. 퀘스트를 그런 방법으로 깰 수 있을지는 모르겠지만, 진짜 강자를 당해 내진 못해."

그리고 위드는 바드레이까지 꺾고 베르사 대륙의 유일한 황제가 되었다.

인적이 뜸한 오아시스의 사냥터를 전전하던 그가 위드를 만나기 위해 일부러 고요의 사막까지 오게 되었다.

"모래 폭풍을 없앤다고? 하다 하다 별짓을……."

바로바는 일찍이 모래 폭풍에 휩싸여서 죽을 고생을 하다 도망친 적이 있었다. 그렇기에 그게 얼마나 황당한 퀘스트인지 알았다.

"절대 안 돼. 아무리 해도 안 돼. 무슨 수를 써도 안 되는 건 안 되는 거야."

위드가 죽는 걸 지켜보는 것도 나름의 만족감은 있으리라.

바로바는 사막 지역의 유저들 대부분이 모여든 자리에서 모래 폭풍이 일어나는 걸 봤다.

고요의 사막에 일어난 모래 폭풍은 다른 지역보다 압도적이었고, 그야말로 경이롭다는 표현이 어울릴 자연현상이었다.

"저걸 부순다고? 말도 안 돼."

바로바의 말에 다른 사막 유저들도 공감했다.

"진심으로 미친 짓이네."

"저 폭풍이 마을을 휩쓸고 가면 다 부서져 버릴 텐데."

"지금 마법이 아니고 검으로 부순다고 폭풍으로 들어가는 거 맞죠?"

"맞는 것 같은데……."

"무슨 연출이나 사기 같은 거 아닙니까? 방송으로도 생중계하고 있을 텐데요."

"그런 건 없어 보입니다. 모래 폭풍을 어떻게 섭외하겠어요."

사막의 유저들이 지켜보는데, 위드는 정말 갑옷도 벗은 채로 모래 폭풍을 향해 걸어갔다.

그 광경에서 상체가 드러났는데, 섬세하게 단련된 근육질의 몸이 보였다.

로열 로드에서 맷집을 키우다 보면 근육이 발달하는 효과가 있어서 특별하게 여겨지진 않았어도, 그래도 전사로서도 제법 잘 성장해 온 것이 보였다.

이윽고 위드가 모래 폭풍에 휩싸이자, 여기저기서 탄성이 나왔다.

"정말 들어갔습니다."

"모래 때문에 아무것도 안 보이네요."

"생방송으로 봅시다. 위드의 시점에서 영상이 중계되니까 말이죠."

유저들은 저마다 수정 구슬로 생방송 시청을 시작했다.

위드가 보고 듣는 영상이 화면으로 나오는데, 그건 상상 이상으로 무서운 일이었다.

모래 폭풍 내부는 어둡고 왱왱거리는 소리로 가득했다. 거친 모래바람이 휘몰아치고, 어디가 어딘지 분간하기도 어렵다.

위드는 묵묵히 그 안을 걸어갔다.

-오주완 씨. 이 모래 폭풍의 공략이 가능할까요?

-짐작도 안 됩니다. 다만 위드가 되돌아 나오지는 않을 것 같습니다.

-끝을 보겠다는 것이겠죠?

-네. 보통은 불가능하다고 생각하지만… 위드라서 조금의 희망을 걸어 봅니다.

누구도 예측할 수 없는 결과.

바로바는 그 과정에서조차 적지 않게 충격을 받았다.

'나라면 저 짓은 절대 못 했어.'

실패가 두려워서 할 수 없는 일, 그럼에도 도전하는 정신.

이윽고 방송에서 보이는 위드의 시야는 10센티도 되지 않을 정도로 좁아졌고, 왱왱거리는 맹렬한 바람 소리만이 들렸다.

—놀랍습니다. 확실하진 않지만 여전히… 계속 전진하고 있는 것으로 보입니다.

위드가 언제 목숨을 잃더라도 이상하지 않을 순간들이 지나고 있었다.

그리고 보는 이들은 입이 바싹 마를 정도로 긴장이 되었다.

그렇게 잠깐의 시간이 흐른 뒤였다.

"어어어?"

멀리서 모래 폭풍을 보고 있던 바로바에게 기가 막힌 장관이 보였다.

모래 폭풍의 흐름이 시작되는 곳.

위드는 사납게 흐르던 바람이 거짓말처럼 잦아드는 것을

느꼈다.

"아……."

하늘을 뒤덮던 모래가 기운을 잃고 사막으로 떨어져 내리고 있었다.

'성공인가?'

모래 폭풍을 부수는 퀘스트의 완수.

무엇이든 해낼 수 있다는 자신감으로 충만했던 사막의 대제왕 시절과는 다르게, 간신히 살아남았다.

-남아 있는 생명력 : 79,387.

몬스터 사냥에서는 여유가 있는 수준이었지만, 고요의 사막에 부는 모래 폭풍에는 목숨을 장담할 수 없는 처지였다.

'조각 파괴술의 효과도 컸지만 초보 시절부터 꾸준히 올려놓은 스텟들 덕분에 살아남았다.'

위드는 꾸준한 노가다야말로 진리라는 것을 다시 한번 확인했다.

좋은 사냥터를 발견하고 퀘스트로 꿀을 빨더라도, 근본은 어디까지나 노가다!

'고렙은 99%의 노가다와 1%의 장비발로 이루어지는 것이지.'

장비 역시 노가다를 하다 보면 자연스럽게 맞춰지는 게 아니던가.

이번 퀘스트는 난이도가 높았지만 강인한 육체가 필수였다. 힘과 민첩, 인내와 맷집이 낮으면 통과할 수 없는 전사 퀘스트.

'폭풍에 뛰어들 정도로 용감한 진짜 전사를 원하는 퀘스트였다.'

육체적인 능력이 뛰어난 사막 전사 출신이라면 더 유리했으리라.

위드가 휘말렸던 모래 폭풍이 거짓말처럼 사라지고 있었다.

하늘에 떠 있는 채 막 입가에 썩은 미소가 살짝 맺히려던 순간 위드의 뇌리를 스쳐 가는 생각!

'퀘스트 완료 창이 뜨지 않았다. 어쩌면 아직 끝난 게 아냐.'

바람이 다시 불기 시작했다.

반경 2~3킬로미터에서 바람이 모이고 뒤엉키면서 하늘을 향해 솟구쳐 올랐다.

쐐새애애액!

사막의 모래가 함께 모여들면서 폭풍으로 형상을 갖춰 나갔다.

'젠장, 그러면 그렇지.'

위드는 팔자가 더럽다는 생각은 하지 않았다. 이번에는 사막 폭풍을 제압할 수 있을 정도의 힘이 부족했을 뿐이다.

'기회는 여러 번 있는 게 아니야. 완벽하게 부숴야 한다.'

바람이 모여드는 중심지는 50미터 전방.

폭풍이 일어나면서, 날카롭고 사나운 바람이 수천 갈래로 모여들어 뒤엉키고 있었다.

온몸을 찢어 버릴 것만 같은 바람의 압력!

―생명력이 316 감소하셨습니다.

―생명력이…….

―생명력이…….

―생명력이…….

위드의 생명력이 줄어들고 있었다.

막강한 맷집이 있긴 하지만, 모래 폭풍에 휘말린 채로 언제까지 버틸 수는 없는 노릇.

"찰나의 조각술!"

결국 세상을 멈추게 만들었다.

바람을 타고 공중에서 흐르던 모래도 그대로 멈추었다.

―**남아 있는 생명력** : 5,386.

'돌파한다.'

위드는 하늘에 떠 있는 모래 알갱이들을 밟으면서 폭풍의 중심지로 달려갔다. 바람은 멈추었지만 모래는 그 자리에 남아 있었다.

그리고 다시 폭풍의 중심에 가서 스킬을 터트렸다.

"용암의 강!"

동시에 찰나의 조각술이 풀렸다.

땅에서부터 분출된 용암이 모래 폭풍을 다시 뒤덮었다.

붉은 용암이 모래와 바람에 휘말리며 하늘 끝까지 치솟았다.

띠링!

힘을 증명하라 완료

그대는 모래 폭풍을 잠재워 사막에서 가장 뛰어난 전사임을 증명하였다. 사막의 모든 이들이 이 역사적인 업적을 추앙할 것이며, 젊은 전사들은 그대를 따르기를 주저하지 않을 것이다.

—퀘스트에 대한 보상으로 모든 스텟이 3 증가합니다.

—명성이 30,000 올랐습니다.

—사막 지역의 모든 부족민들이 당신을 우러러봅니다.
전사들은 당신을 위대한 사막의 대제왕의 이름을 이어받을 자로 여길 것입니다.

-호칭! 모래 폭풍을 잠재운 자를 획득하셨습니다.
고요의 사막에서 모래 폭풍을 이긴 자에게 부여되는 영광스러운 호칭.
사막에서 힘과 체력이 15% 증가한다.
사막 부족들에게 높은 지배력을 발휘함.

드디어 퀘스트 완료!

위드는 메시지 창이 뜨자마자 하늘 지배자의 갑옷을 비롯한 장비들을 착용했다.

차차착!

모래 폭풍이 사라지긴 했지만 날카로운 바람이 사방을 헤집고 있었다.

동시에 하늘에서 비처럼 쏟아지는 용암.

용암의 강이 모래 폭풍과 부딪치면서 하늘을 뒤덮었던 것이다.

'자칫하면 퀘스트 마치자마자 죽을 판이다.'

남아 있는 생명력은 고작 3,000 수준.

딱 죽기 좋았지만, 다행히 슬로어의 결혼반지가 있었다.

띠링!

-슬로어의 결혼반지의 효과가 발동됩니다.
배우자 서윤으로부터 생명력이 전달됩니다.
총생명력 138,861.
광전사의 특성이 적용되었습니다.
눈먼 힘, 가공한 체력, 물러서지 않는 투지를 얻었습니다.

결혼반지에 각인된 결혼 서약의 효과 발동.

위드가 평소에 가지고 있던 생명력보다도 많은 양이 전해졌다.

† 결혼 서약
신성한 반지는 두 사람의 생명을 공유할 수 있습니다.
한 사람의 생명력이 목숨이 위태로울 정도로 낮아졌을 때에 생명력을 최대 50%까지 전해 줄 수 있습니다.
생명력이 줄어들었을 때에는 반지를 착용하고 있는 배우자가 가진 직업의 특성이 적용됩니다. 배우자의 스킬들을 70%의 숙련도로 사용할 수 있습니다.

결혼반지의 효과가 언제나 절대적인 건 아니었다.

멜버른 광산에서 바드레이와 싸울 때는 갑작스러운 큰 타격을 입으며 효과가 발동되기도 전에 죽어 버렸다.

이른바 즉사!

슬로어의 결혼반지는 결혼 서약의 증표가 되면서 남에게 넘겨주지 못한다. 하지만 부서지거나 잃어버릴 수는 있기에, 소중히 다루어야 하는 물건이었다.

가르나프 평원에서도 죽음을 각오하고 헤르메스 길드를 추적할 때는 조심하기 위해 다른 장비들과 함께 반지를 벗어두었다.

하지만 지금처럼 생명력이 경각에 달했을 때는 당장 믿고 써야 하는 반지였다.

현실에서도 결혼한 남자들이 회사에서 잘리거나 밖에서 사고를 치고 나면 믿을 건 아내뿐인 것처럼!

"역시 든든하군."

바로바와 사막 전사들은 입을 떠억 벌렸다.

"컥!"

"저건……."

"용암 폭풍이다."

모래 폭풍이 사라진 것까지는 좋았다.

전사로서 최초라고 부르기에 주저하지 않아도 될 정도로 놀라운 업적을 세웠으며, 그걸 직접 목격한 것으로도 평생 기억에 남을 만한 일.

그런데 모래가 걷히는 대신에 용암이 수 킬로미터나 되는 높이까지 솟아올라서 사막에 비처럼 뿌려지는 것이다.

"우와! 휩쓸리면 죽는다."

"어서 피해!"

모래 폭풍에 휘말리지 않기 위해 꽤나 먼 곳에서 지켜보기로 했던 판단이 천만다행이었다.

모래 구릉마다 서 있던 유저들이 서둘러 뒤로 몸을 날렸다.

검오치와 수련생들은 사정이 좀 달랐다.

하늘에서 용암의 비가 내리고 있긴 했지만 다른 이들의 눈치를 봤다.

슬금슬금, 뚝!

다리를 뒤로 빼다가, 다른 이들과 눈을 마주치고는 그 자리에 그대로 섰다.

"크흠, 막내가 멋지군."

"사범님, 저는 꼭 해낼 줄 알았지 말입니다."

"그렇다. 저게 바로 도전 정신인 것이다. 뭐든 시작부터 안 될 거라고 하면 당연히 안 돼. 일단 해 보면… 뭐, 될 수도 있고 안 될 수도 있는 것이지."

"훌륭한 교훈이지 말입니다."

웃통을 벗고 있는 검오치와 수련생들.

그들은 주변 사람들의 눈치를 살피며 한 발자국도 물러나지 않았다.

하늘에서 용암이 쏟아져 내리고 있지만 그럼에도 숨는 것은 약해 보인다고 느꼈기에.

"풍경이 참 좋군요."

"반할 만한 광경이지."

검백이십사치의 어깨에 용암이 한 방울 떨어졌다.

"큿!"

어깨를 달구는 매서운 고통.

생명력도 듬뿍듬뿍 떨어지고 있었지만, 얼굴 표정에는 조금의 변화도 없었다.

"아프냐?"

"하하하, 시원합니다!"

용암이 점점 많이 떨어졌다.

갑옷이라도 제대로 걸친다면 훨씬 막아 내기가 수월할 테지만, 맨몸으로 견디는 검오치와 수련생들!

"핫핫핫."

"으하하하하하."

"크크크크큿."

그렇게 47명이 목숨을 잃었다.

"어르신, 이 음식을 강가에서 낚시하는 트웰에게 가져다 주시면 됩니다."

"귀찮긴 하지만 해 주지."

-퀘스트를 수락하셨습니다.

리버스는 초급 수련관을 통과하기가 너무 어렵다고 느꼈다. 그래서 간단한 퀘스트들을 진행했다.

"그래도 검 하나는 사야지."

성문 밖으로 나갔을 때, 기본 철검이라도 있는 것과 없는 것의 차이는 매우 크다.

사전에 그 사실을 잘 알고 있기에 퀘스트를 하면서 푼돈이라도 챙겼다.

"다음에 또 부탁드려요."

"됐네. 일없을 거야."

퀘스트를 완수하고 나서도 그다지 친해지진 못했지만, 그래도 맡은 일은 잘해서 평판을 조금씩 쌓아 나갔다.

"급한 일이 있어서 그러는데 이 낚싯대를 잠시 지켜 주시겠습니까?"

"뭐, 그렇게 해."

"오늘은 물이 잘 흐르는군요. 물고기를 잡으면 그건 어르신이 가지셔도 됩니다."

띠링!

한밤의 낚시!

낚시꾼 젤드는 주점에 가서 진탕 마실 생각을 하고 있다.
그를 대신해서 아침 해가 뜰 때까지 물고기를 잡자.
크고 귀한 물고기를 잡을수록 낚시꾼들 사이에서 평판이 오를 것이다.

난이도 : F
보상 : 물고기.

"물고기는 별로 안 좋아하는데."

"그래도 1마리 잡아 보시죠. 오늘은 운이 좋은 날일 수도 있잖아요?"

"딱히 할 일도 없으니……."

강가에서 어쩌다가 낚시 퀘스트를 받았을 뿐인데, 그날은 정말 되는 날이었다.

미끼를 끼워서 낚싯대를 던지기만 하면 잠시 후에는 물고기가 입질을 한다. 그다음에 해야 할 일은 힘껏 낚아채는 것뿐이었다.

물고기들이 주렁주렁 걸려서 수면 밖으로 나오자 멀리서 지켜보던 커플이 깜짝 놀라며 대화를 나누었다.

"와아, 또 잡았어."

"정말 잘 잡으시네."

리버스는 헛기침을 하면서도, 얼굴에서는 떠오르는 기쁨을 감추기가 힘들 정도였다.

"어험! 내가 이 정도지."

낚싯대를 잡는 손맛도 좋았고, 생선은 자신의 것이라서 즐거웠다.

무지갯빛 잉어!

희귀 어종도 1마리 낚자 행운이 1 올랐다.

그렇게 밤새도록 낚시를 하고 나서는 빙룡 광장으로 갔다.

수많은 유저들이 광장에 앉아서 노점을 열고 있었다.

흔한 나무 열매부터 수만 골드짜리 고가의 무기까지 판매되는 빙룡 광장!

리버스는 느긋하게 노점을 펼치고 앉아 있었지만, 생선의 신선도가 조금씩 떨어지는 것이 신경 쓰였다.

그리하여 평소라면 절대 하지 않을 호객 행위도 시작했다.

"흠흠, 생선 팝니다! 강에서 낚은 맛있는 생선!"

생선은 흔한 식재료이기는 하지만, 그래도 커다란 녀석들은 인기가 있었다.

지나가던 유저들이 금방 다가왔다.

"신선해 보이고 큼직하네요. 얼마예요?"

"잘 모르겠네. 알아서 쳐주게."

"2실버 어때요?"

리버스는 기가 막혔다. 자신이 고작해야 2실버짜리 생선을 낚고 그렇게 기뻐했단 말인가.

"내 인건비가 있는데."

"에이, 그럼 좀 비싼데. 3실버 드릴게요."

"그 가격이라면 뭐… 좋군."

생선 1마리가 팔릴 때마다 몇 실버씩 수입이 생긴다.

리버스는 로열 로드에서 막 부자가 되는 환상을 품었다.

무지갯빛 잉어는 5골드에 팔리면서 만족도를 더욱 높여 주었다.

"낚시가 내 적성이 아닐까? 그늘 아래에서 시원한 바람도 맞으면서 이런 재미도 있었구나."

그날로 대나무 낚싯대도 1골드에 구입을 했다.

낮에는 퀘스트도 하고 초급 수련관에서 적당히 시간을 보내다가, 저녁부터는 낚시를 했다.

늦게 배운 도둑질이 밤새는 줄 모른다는 말처럼 로열 로드에 완전히 푹 빠지게 된 것이다.

리버스는 모라타에서 걸어 다닐 때마다 아쉬움에 한탄을 토했다.

"내가 만들어 놓고 이제야 하다니……. 모니터로 보는 것과는 차원이 달라. 이렇게 재미있는 줄 알았다면 로열 로드가 시작된 첫날부터 할걸."

서윤은 통치를 위한 업무를 보고 있었다.

신임 영주들이 도시를 다스리는 데 부족함이 많았으니 필요한 지원도 해 주고, 어떤 때는 여러 마을들을 합친 개발계획도 세웠다.

어려운 시기였지만 아르펜 제국의 내실을 다지기 위해 노력했다.

"취이익!"

오크 로드 세에취!

오랫동안 서윤을 치료해 준 그녀가 대지의 궁전으로 찾아왔다.

"서윤아, 취췻!"

"네."

서윤은 대답을 하며 방긋 웃어 주었다.

세에취가 닫혀 있던 그녀의 마음을 열기 위해 얼마나 많은 노력을 기울였는지 알기 때문이다.

"그렇게 웃으니 이뻐, 췩!"

세에취는 콧김을 내뿜으며 좋아했다.

"여기 온 이유는, 취췻, 내가 동부로 가 봐야, 췻, 할 것 같아, 취췩!"

"동부라면… 오크 랜드요?"

"응. 췻!"

"지금은 레드 드래곤 때문에 위험하지 않나요?"

세에취는 괜히 가 보려는 것이 아니었다.

'레드 드래곤… 아마도 오크들에게 비밀이 존재할 거야.'

오크 랜드는 황무지와 초원이 뒤섞여 있고 오크들이 있었다.

오크들에게는 이런 말이 전설처럼 내려왔다.

—우린 멸망한다, 췻. 그래야, 취췻, 저주에서 해방된다, 취취췩!

오크들에게 부여된 저주!

그것이 무엇인지도 모르지만, 오크 유저들에게는 절실한 문제가 있었다.

'오크는 초반에 엄청 재밌어. 성장도 빠르고. 근데 그다음에는?'

오크는 일정 수준 이상으로 강해지지 않는다.

지식을 쌓아서 사회를 형성하지도 못하고, 건축이나 예술 분야의 직업을 구하지도 못한다.

오크 부락이나 오크 성채는 그냥 돌을 쌓아서 만든 마을에 불과했다.

베르사 대륙의 수많은 종족들이 저마다 잠재력을 가지고 있는 반면에, 오크는 버려진 종족이나 마찬가지였다.

숱한 오크 로드들이 그 현실에 좌절하고 휴양지로 떠났다.

해변가에서 선탠하기 좋은 종족이라는 자학이 오크 유저들 사이에 널리 퍼져 있을 정도였다.

"레드 드래곤. 우연이 아닐지도 몰라, 취췩! 무언가, 췩. 해 보고 싶어… 취췻. 만약에 나에게 일이 생기면……."

"네, 걱정하지 마세요. 꼭 도와드릴게요."

사막의 방식

위드는 이마에 떠오른 살인자의 표식을 보며 한숨을 쉬었다.

"사형들이 죽다니……."

죽이려고 한 것도 아닌데 죽었다.

아무리 만약의 상황까지도 고려한다지만, 이것만큼은 예측이 불가능했던 일이었다.

'개인적으로는 그리 나쁜 일도 아니지만.'

덤으로 레벨이 1개 오르고, 대량 학살자라는 전투 업적도 세웠다.

살인자의 상태는 퀘스트를 하다 보면 사라질 테고, 이 광경이 생방송으로 중계되었으니 오해하는 이들도 없으리라.

모래 폭풍을 없앤 위드가, 구경하다가 만신창이가 된 검오치에게 걸어갔다.

"수고했다, 막내야."

"뭘요. 이 정도야 거뜬하죠."

"암, 그렇지."

위드는 간단히 붕대를 꺼내서 생명력이 바닥까지 떨어진 검오치와 수련생들에게 감아 주었다.

생명력이 경각에 달해서도 금방 낫는다고 호기를 부렸지만, 몇 명은 실제로 생명이 위험했다.

"음식을 좀 드시면 생명력이 빨리 회복될 겁니다."

"배는 안 고프다만."

"장어 말린 겁니다."

"음, 고소하니 맛있군! 더 없냐?"

떨어지는 용암도 피하지 않던 수련생들이지만, 말린 장어를 주니 침을 꼴깍꼴깍 삼키며 나눠 먹었다.

마땅히 쓸 곳도 없지만 정력에 좋은 음식은 결코 거절하는 법이 없는 그들!

여기저기에 숨어 있던 사막 유저들도 몸을 일으켰다.

"오… 붕대도 잘 감으시네."

"이 정도 해야 대륙에서 최고라고 불리는구나."

사막 유저들의 반응은 조금 전과는 달랐다.

놀람과 존경심이 듬뿍 담긴 눈빛들.

"바로바라고 합니다, 위드 님. 만나 뵙게 되어 영광입니다."
"예, 반갑습니다."
위드는 사막의 유저들과도 간단히 인사를 나눴다.
이 자리에 모인 유저들은 레벨 500 언저리의 실력자들이 꽤 많았다.
사막까지 와서 활동할 정도라면 대체로 레벨도 높고 호전적인 편. 직접 눈으로 보여 주었으니 얌전하게 구는 태도가 당연했다.
'사막을 지배하면 이들이 부족장이 되겠지.'
위드는 다분히 영업용의 미소를 지었다.
"이렇게 만난 것도 인연인데, 사냥이나 같이 하실래요?"

사냥 지옥, 그 이상의 사냥 지옥!
위드는 사막의 대제왕 시절을 떠올리며 유저들과 함께 사냥을 했다.
"젠코바 부족입니다. 우린 당신께 충성을 다짐합니다. 제 몸 안에 있는 피 한 방울까지도 당신을 위해 흘리겠습니다."
사막 부족들을 만나며 팔로스 제국의 건국을 위한 영향력 확대도 이루어졌다.
그동안 팔로스 제국을 위한 퀘스트를 하던 유저들은 서운

함을 느낄 수도 있겠지만, 위드는 이미 북부와 중앙 대륙을 지배하고 있었다.

검치와 수련생들의 부족 전사들도 넘겨받았다.

세력과 영향력이 압도적이고, 또한 사막 지역에 뿌려진 팔로스 제국의 씨앗도 위드의 소유.

남부 사막도 자연스럽게 탄생하자마자 흡수하는 흐름으로 가게 만들었다.

"그대가 태양의 눈을 잠재운 전사인가?"

"그렇다."

사막에서 최강이라는 태양의 부족은 사흘 만에 찾아왔다.

팔로스 제국의 후예를 자처하며, 1명 1명이 전사 중의 전사라고 자부하는 태양의 부족.

"소문은 들었지만 우린 직접 본 것만 믿는다. 우리와 함께 전투를 하고 싶다면 따라와라."

부족의 신입

태양의 부족은 아무나 받아들이지 않는다.
훌륭한 사막 전사가 되고 싶다면 부족의 막내가 되어 많은 가르침을 얻어야 한다.
태양의 부족을 따라다니면서 사냥에 참여하자.

난이도 : A
제한 : 전사 직업 퀘스트.
보상 : 사막 전사로의 전직.

'사막 전사라… 좋은 직업을 얻는 것도 쉬운 게 아니군.'

위드는 당연하게도 사막 전사에 만족할 생각은 없었다.

'전사는 좋은 직업을 얻으려면 전투 업적을 세워야만 한다. 모래 폭풍은 좀 고생했지만, 검술이나 스텟, 장비로는 꽤 쓸 만한 수준이니까 실전에서는 내가 훨씬 더 낫지.'

한창 케이베른 때문에 바쁜데, 이럴 때일수록 시간 낭비를 하고 싶진 않았다.

'뭐, 어쩔 수 없지. 사냥을 내 식대로 진행하면 되니까.'

잠깐 잔머리를 굴린 후에 고개를 끄덕였다.

"좋습니다. 함께 가도록 하죠."

-퀘스트를 수락하셨습니다.
투지가 1 증가합니다.

패튼 성의 영주 다리우스!

그는 과거에 실컷 나쁜 짓을 저지르다가 헤르메스 길드를 배반하고 아르펜에 붙었다.

"크흐, 최고의 선택이었어. 역시 사람은 줄을 제대로 서야 한단 말이야."

"맞습니다, 영주님."

다리우스는 북부 대륙에 세워진 성에서 흐뭇함을 감추지 못했다.

벤트 성과 모드레드 사이에 위치하여 교통도 나쁘지 않았고, 비옥한 평지를 소유해서 농산물 수확량이 늘어나고 있었다.

"농부들은 어떻습니까?"

"잘 모이고 있습니다. 미리 저수지 등을 만들어 놓은 효과 같습니다."

"케이베른 때문에 대륙의 농작물들이 죽으면 가격이 오를 겁니다. 우린 제대로 비싸게 팔 수 있겠죠. 이게 기회를 살리는 거지요."

"식료품 가격을 올리는 건 아르펜의 정책에 위반되는데요."

다리우스는 내정을 맡은 담당자의 말에 미간을 찌푸렸다.

"규제가 많다니 거슬리네요. 하벤 제국 같으면 물량 부족을 핑계로 10배, 20배씩 받아 챙겼을 텐데."

"하지만 대신 구입할 유저들이 많지 않습니까? 상단들이 알아서 대량으로 사 갈 테고요."

그 말에 다리우스는 다시 웃을 수 있었다.

"정답이죠. 도시에는 역시 상업과 인구 아니겠습니까."

패튼 성을 다스리면서 조금만 투자하고 새로운 걸 만들어 내면 유저들의 반응은 즉각적이었다.

매주 만 명씩 유저들이 이사를 오고, 방문하는 상인이나 여행객은 그보다 훨씬 많다 보니 도시를 다스리는 재미가 쏠쏠했다.

기술과 생산력, 세금에 이르기까지 인구가 절대적인 효과를 발휘하는 것이다.

이처럼 다리우스는 과거를 완벽히 세탁하고 영주로서의 삶을 살아가고 있었다.

그는 집무실에서 수정 구슬을 꺼냈다.

"오늘은 우리 황제 폐하께서 또 무슨 짓을 하나?"

틈틈이 위드의 영상을 보는 것은 또 다른 취미.

"내가 줄 하나는 기가 막히게 탔어. 조금만 늦게 아르펜으로 전향했으면 영주가 되어서 이런 호사를 누리지도 못했을 텐데 말이지."

헤르메스 길드가 이대로 망하고 위드가 대륙 전역을 다스린다면, 이보다 더 기쁠 수는 없으리라.

한때 나쁜 짓을 저지르면서 악명도 쌓았지만, 그건 어릴 때의 치기 어린 행동이라 생각했다.

"이제부터는 평판을 잘 관리하면서 영주로서 살아가야지. 아르펜의 영주… 얼마나 멋진 일이야."

수정 구슬에는 위드가 태양의 부족과 합류해서 달구어진 사막의 동쪽으로 달려가는 영상이 나왔다.

"저긴 나도 갔던 곳이야!"

다리우스가 벌떡, 자리에서 일어났다.

위드가 팔로스 제국을 일으킨 이후에 사막 지역의 부흥이 이루어졌다. 그 이후에 방송국의 요청에 따라 자체적으로 원정대를 조직해서 사막에 간 적이 있다.

"달구어진 사막. 저긴 사막 웜이 나오는 장소가 맞지? 거기서도 동쪽이면 더 큰 놈들이 나오고."

당시 원정대는 사막 웜 3마리와 전투를 벌였다.

모래를 파고드는 거대한 지렁이.

위드가 물컹꿈틀이로 변신을 한 적이 있지만, 맞상대하려면 어마어마하게 까다로운 유형이었다.

'막대한 생명력과 맷집, 그리고 뭐든 집어삼켜 버리지. 느닷없이 땅에서 튀어나오는 특성도 문제고.'

모래 안에 있으면 위치를 파악하기도 어렵고, 공격하지도 못한다. 땅에서 솟아올라 갑자기 잡아먹기라도 하면 전사나 기사 계열이 아닌 한 그대로 사망!

후방에 위치한 마법사나 사제에게는 그야말로 공포의 대상이었다.

'웜 종류는 사냥할 몬스터가 아니라는 이야기를 수없이 들었지. 근데 방송 때문에 어쩔 수 없이 싸웠어.'

다리우스의 원정대는 3마리의 사막 웜을 만나서 초반에는 그럭저럭 잘 싸웠다.

하지만 추가로 나타난 사막 웜에 의해 궁수, 마법사가 1명씩 잡아먹혔다.

이것도 단지 재앙의 시작에 불과했다.

전투의 진동을 느끼고 반경 5킬로미터 내의 사막 웜들이 모조리 모여든 것이다.

사방의 모래에서 솟아올라 유저들을 잡아먹는 사막 웜들.

꼬올깍!

유저들을 한입에 집어삼키고는 생명력과 마나를 흡수했다.

"도망쳐라! 후퇴!"

다리우스는 지옥에 온 것 같은 끔찍한 마음으로 퇴각을 선택했지만, 전투가 오랫동안 지속되면서 모여든 사막 웜들이 사방에서 날뛰고 있었다.

전투 지역을 무사히 벗어난 건 고작해야 10명 남짓이었다.

어지간한 공포 영화를 능가하는 긴장감으로 동영상은 5천만에 달하는 조회 수를 기록.

워낙 처참하게 망했던 기억이라 다리우스는 죽을 때까지 잊을 수 없을 것 같았다.

"저길 간다고? 그곳도 사막 부족과 함께?"

상식적으로는 무리라고 생각이 들지만, 위드라서 결과가 예측이 되지 않았다.

위드는 태양의 부족을 따라가면서 이 장면을 당연히 방송

국들에 생중계를 하도록 했다.

–사막 웜의 서식지예요. 진동을 조심해야 해요. 신발을 벗는 게 나을 거예요.

서윤이 방송을 지켜보면서 정보를 전달.

–사막 웜은 썩은 고기 빼고는 엄청 비싸게 팔리죠! 더듬이가 요즘 화염 계열 마법 스크롤을 만드는 데 쓰여서 가격이 오르고 있습니다.

마판도 틈틈이 시세에 대한 정보를 알려 주었다.

위드는 데스 웜도 그렇고 물컹꿈틀이의 경험도 있어서, 이런 유형의 몬스터에는 좀 익숙했다.

'태양의 부족이라. 너희는 과연 어떻게 싸우려나.'

느긋한 마음으로 따라가고 있었다.

"달려라!"

부족장의 말에 낙타가 사막을 질주했다.

보이는 것은 햇볕을 받아 뜨겁게 달구어진 모래의 바다.

지루할 정도로 평화로운 광경이지만 금방 사건이 터졌다.

츄에에엣!

모래 구릉을 막 지나자마자 땅에서 튀어나오는 사막 웜!

부족 전사들은 기민하게 반응했다.

"흩어져서 전진하라!"

낙타를 탄 전사들이 좌우로 갈라지면서 사막 웜을 공격했다.

7명이 낙타에서 떨어지긴 했지만 그래도 빠른 반격으로 사막 웜을 사냥하는 데 성공했다.

'대응이 빨라. 잘 싸우네.'

위드는 태양의 부족이 과거 사막의 대제왕 시절에 만났던 일반 전사들 못지않다고 생각했다.

그 당시에는 조금만 뒤떨어지더라도 시간을 아끼느라 그대로 내치고 말았다.

엘리트 중의 엘리트들을 모아서 끊임없이 사냥을 시킨 건 그 이후의 이야기.

사막의 대제왕이 이끄는 직속부대는 정예가 되어 대륙을 정복할 정도였으니, 비교가 불가능했다.

험상궂은 얼굴, 머리에는 흰 천을 두른 전사가 위드에게 다가왔다.

"신입! 부상자들을 돌봐라."

"뭐, 그렇게 하죠."

위드는 부상자들의 몸에 약초를 바른 붕대를 감아 주었다.

"크으으… 어, 시원하네?"

"조금 쉬면 다시 싸울 수 있을 겁니다."

"고맙다."

-친밀도가 올랐습니다.

부상병들은 자신의 기술을 하나씩 알려 주었다.

"보답이라고 할 건 없지만, 칼에 강한 힘을 싣는 법을 알고 있나?"

"배우고 싶습니다."

"하늘의 기운을 받아서 내려치는 것이지. 좀 까다로운 기술이지만 나를 몇 번 따라서 해 보게."

위드는 발동작과 허리의 움직임까지, 부상병을 똑같이 따라 했다.

띠링!

-패시브 스킬, 전사의 내려치기를 습득하셨습니다.

전사의 내려치기 초급 1(0%) : 무기를 적에게 내려칠 때 공격력을 2% 상승시킵니다.

전사들이 익히는 필수 스킬도 몇 가지 습득.

사막에서는 방어 스킬은 얻지 못해도, 공격 스킬은 풍부하게 배울 수 있었다.

'전사들을 돌보는 일도 재미가 있군. 아쉽지만 요리까지 할 시간은 없겠지.'

리트바르 마굴에서 로자임 왕국 병사들을 챙겼던 일이 떠오르기도 했지만, 말 그대로 잠깐이었다.

난이도 A급의 퀘스트.

태양의 부족 신입이 되어 뒤치다꺼리나 하면서 끝낼 여유

는 주지 않으리라.

'지금은 그럭저럭 할 만하지만… 달구어진 사막의 더 깊은 지역으로 들어가면 사막 웜이 수십 마리씩 튀어나올 테지.'

그때가 바로 끔찍한 지옥!

지금의 이동 경로를 봤을 때 태양의 부족을 지키며 살아남아야 했다.

위드는 무슨 일이 벌어지게 될지를 짐작했음에도 묵묵히 부상병들을 챙겼다.

"테피라고 알고 있나? 우리 부족에서 가장 뛰어난 전사야. 태양의 부족은 정말 강한 전사들이 이끌고 있어."

"예, 그렇군요."

부상병들과 대화를 나누며 기본적인 정보를 들었다.

'언데드를 소환하면 훨씬 유리할 테지만… 아무래도 전사답게 싸워야만 친밀도를 높일 수 있겠지.'

위드의 전투력은 치사하게 싸울수록 몇 배나 강화되는 특성이 있었다.

특히 대규모 전투에서 압도적인 언데드 소환이나 저주를 봉인한 채로 사막 웜들을 돌파해야만 한다.

'역시 이럴 때는…….'

위드는 부족의 뒤를 따르면서 조용히 조각품을 하나 꺼냈다.

"조각 파괴술! 이 모든 것이 힘이 되어라."

-조각 파괴술을 사용하셨습니다.

3,800이 넘는 예술 스텟.

그동안 노가다 끝에 쌓아 놓은 예술 스텟을 모조리 힘으로 변환.

'든든하군.'

위드는 온몸에서 끓어오르는 힘을 느꼈다.

태양의 부족은 낙타의 기동력을 이용하여 싸웠다.

한자리에 멈춰 있지 않다 보니 사막 웜들이 기습을 하더라도 거리를 두고 공격하기 쉽고, 위험에 빠진 이들을 구하는 것도 빠르다.

'명성 그대로네. 사막에서 최고라고 부를 정도로 사냥을 잘하긴 하네.'

전사 부족인데 칼도 쓰고, 창도 던지고, 어떤 녀석들은 활도 쏜다.

사제나 마법사는 없어도, 공격과 방어의 조합이 워낙 좋아서 사막 웜을 빠르게 잡는다.

사막 웜의 뼈와 살, 가죽을 분리하는 도축까지도 바로 이루어졌다.

"계속 전진한다. 막내는 부상병을 돌봐라."

"예, 그러죠."

위드는 부족의 이동을 따라가면서 퀘스트가 더욱 만만치 않다고 여겼다.

'차라리 사막 웜들의 전면 공격이 일찍 시작되어야 하는데. 1~2마리씩 나타나면 제법 쉽게 해치운다, 이렇게 계속 이동한다면… 정말 사막 웜의 서식지 한복판에서 갇히게 되겠군.'

여기에는 본의 아니게 다리우스의 영향도 컸다.

다리우스의 원정대가 워낙 거하게 실패를 겪으면서, 사막 웜이 출현하는 지역으로는 유저들도 들어가지 않았다.

상인들조차도 먼 곳을 돌아가면서 사막 웜들은 굶주리게 되었다.

꼬르륵!

그렇잖아도 사막 웜들은 탐욕스러운 식성을 가진 생명체들이었다.

사막을 돌아다니는 동물들은 극히 드물어서, 굶주림을 쭉 이어 나가야 했다.

대량의 먹잇감들이 나타나자 결국 사막 웜들은 성질 급한 녀석들 몇 마리만 나섰고 나머지는 조용히 자리를 지켰다.

단 1명도 빠져나가지 못하도록.

위드는 먼 사막을 보다가 모래가 슬금슬금 움직이는 것을 발견했다.
바람의 영향인 것도 같지만 범위가 아주 넓었다.
'역시 난이도가 좀 있긴 하지만… 그래야 재밌지.'

유병준은 코코아 잔을 든 채로 모니터로 위드가 나오는 장면을 보고 있었다.
"제대로 외통수에 걸리겠군."
로열 로드가 재밌게 느껴질수록 일찍 시작하지 못한 아쉬움이 컸다. 더불어 자신의 인생에 대한 회의도 강하게 들었다.
'수많은 사람들이… 새로운 세상을 만들었다고 인정했다. 그리고 어떤 이들에게는 천국의 행복을 느끼게 했다는 로열 로드.'
정작 그걸 만든 본인은 다른 사람들이 노는 걸 지켜보기만 했던 것이다.
'위드 저놈에게 대륙을 통일한 황제가 되면 내 모든 자산을 물려주겠다는 결심까지 하고서…….'
유병준은 만약 자신이 일찍 로열 로드를 시작했다면 어땠을까 생각했다.
퀘스트, 직업, 보물에 대한 단서들을 꽤 많이 알고 있었다.
'남들보다 훨씬 빨리 강해질 수 있었겠지. 내가 로열 로드

만 했다면 바드레이도, 위드도 없었을지 몰라.'

공정하진 않지만, 세상에 공정한 게 또 몇이나 되겠는가.

창조주로서의 특권을 만끽하며 살아가는 재미도 쏠쏠하리라.

평생 여자를 모르고 살았다고 자부했는데, 막상 베르사 대륙에 접속하니 미인들도 많이 눈에 띄었고.

'도대체 난 뭘 하고 살았는지를 모르겠군.'

유병준은 후회를 하면서도, 대륙을 통일한 황제에게 모든 걸 물려주겠다는 결심만큼은 바꾸지 않았다.

외부적으로 발표한 게 아닌 만큼 스스로 언제든지 취소할 수 있지만, 자신의 인생을 걸고 살아온 목표였다.

미친 짓을 했다는 자각이 비로소 들었지만 그것도 자신이 걸어온 발자취.

이미 대륙을 통일하는 건 위드가 될 가능성이 절대적으로 높지만…….

"고생이나 실컷 했으면 좋겠어."

사막 한복판.

태양의 부족은 계속 전진했고, 위드는 전사들이 익히는 잡다한 스킬을 충분히 배웠다.

"됐습니다. 이미 알고 있어요."

"그런가?"

그러자 전사들이 머쓱하게 물러났다.

대륙의 전사 길드에서는 자신들만의 기술을 가르쳐 주기도 한다.

방패 막기 종류만 해도 길드마다 한두 종류씩 있었지만, 효과는 거기서 거기다.

3~4%만 더 좋더라도 대륙을 횡단해서라도 스킬을 익히는 유저들이 있었지만, 마스터를 하게 되면 대부분 비슷해지는 것이다.

부족 전사들이 말했다.

"웬만한 기술은 알려 줄 게 없군. 그렇다면 나와 무기로 한판 붙어 보는 게 어떻겠는가? 기술은 금지하고 말이지."

"좋지요."

위드는 주위를 한번 슥 돌아보고 나서 받아들였다.

태양의 부족, 일천의 전사들이 잠시 휴식을 취한다고 쉬고 있다.

먼 곳에서는 슬금슬금 다가오는 모래 더미들.

'사막 웜 떼 중심에서 대결이라……. 저 속도면 몇 분 후면 습격하겠군. 아마 이것도 퀘스트의 일부가 될 수 있겠지.'

위드는 부족 전사와 대결을 시작했다.

땅에서 빙글빙글 돌면서 상대를 향해 무기를 겨눈다.

차차창!

순식간에 맞붙어서 검과 시미터를 휘두른다.

부족 전사는 강한 힘과 빠른 속도를 중심으로 시미터를 다루었다.

위드는 간단하게 막강한 힘으로 무기를 쳐 내고 찍어 눌렀다. 가장 쉬운 승리법이 있는데 굳이 망설일 이유 따윈 없었다.

"져, 졌다. 무서운 힘이군!"

-사막 전사 팔롱이 당신의 무력을 인정했습니다.
그는 압도적인 힘에 의해 패배했습니다.
전투 업적으로 명성이 600 증가합니다.
힘이 영구적으로 1 늘어났습니다.

꿀 같은 전투 업적!

"그다음은 내 차례다!"

다음 전사가 또다시 덤벼 왔다.

'기술은 금지하고 무기로 붙는다. 이건 검을 다루는 기본기를 본다는 의미야.'

남들에게는 어려울 수 있는 대결이지만, 위드에게는 쉬운 것이었다.

그냥 싸우더라도 무기술로 충분히 이길 수 있는데, 조각 파괴술로 힘까지 늘려 놓은 상황이라면!

"크, 굉장한 검술이군. 나로서는 도저히 이기지 못할 것 같다."

—사막 전사 베텐이 당신의 무력을 인정했습니다.
그는 검의 훌륭한 움직임에 경탄하고 있습니다.
전투 업적으로 명성이 600 증가합니다.
민첩이 영구적으로 1 늘어났습니다.

'이거 좋은데? 대결에만 정신이 팔려 있다가는 사막 웜에게 크게 당하겠지만 말이야.'

멀리서 사막 웜이 다가오는 걸 빤히 알면서도 위드는 전사들과의 대결을 빠르게 이어 나갔다.

"다음. 덤벼라!"

—힘이 1 늘어났습니다.

—민첩이 1 늘어났습니다.

스텟을 올리는 행복한 상황.

기회가 보이자 힘을 좀 줄이고 순수하게 검술로 이겼을 때도 메시지가 떴다.

—검술의 숙련도가 증가합니다.

'이건 실망이군.'

검술 숙련도야 몬스터를 때려잡으면서도 나중에 마스터까지 올릴 수 있는 것.

다른 유저들에게는 검술 마스터가 대단한 업적으로 여겨지겠지만 위드는 아니었다.

전투 계열 스킬 숙련도가 느리게 쌓이는 조각사라는 페널티를 안고서도 지금까지 검술 스킬을 꾸준히 올렸다.

노가다로 쌓아 온 스텟과 조각술의 비기들.

기본적으로 상대하는 적들의 레벨이 높다 보니 검술 스킬의 숙련도는 상승 속도가 빠르다.

'스킬 숙련도는 나중에. 지금은 스텟이 우선이다. 일정 수준 이상의 전사와 싸우는 것이 훨씬 더 쉽지. 움직임이 상식적이니까.'

위드는 어깨의 움직임, 시미터의 공격 방향만 보고도 상대의 노림수를 꿰뚫어 보며 힘으로 강하게 쳐 냈다.

검술의 높은 경지와 경험을 바탕으로 몸이 알아서 움직인다. 상대가 공격하기 시작할 때 앞서 나가고, 허점이 드러나기 전에 이미 도달해 있다.

기술보다는 속도와 힘을 최대한 활용하여 강하게 후려치며 적들을 압도했다.

"다음, 다음!"

위드는 빠르게 전투 업적을 쌓았다.

태양의 부족에서 싸울 수 있는 전사들은 수백 명에 달한다.

그렇지만 이 행복한 순간의 결말도 예정되어 있었다.

사막 웜이 슬금슬금 다가오고 있기 때문에 단물을 최대한 빠른 시간 내에 최대한 많이 빨아야 했다.

'이 지역에 대한 정보가 부족하거나, 대결을 한다고 주위를 살피지 않는다면 큰 피해를 입겠지.'

꿀을 빨며 방심하고 있을 때 느닷없이 사막 웜들이 습격하는 것이다.

실제로도 대결하는 와중에 사막 웜은 절반 이상 다가와 있었다.

"잠깐. 이젠 테피와 싸우고 싶습니다."

위드는 태양의 부족 최강자에게 대결을 청했다.

몸이 구릿빛으로 그을린 근육질의 전사, 테피는 모래에 앉아서 구경하다가 자리에서 일어났다.

"나를 상대하고 싶다고? 안 그래도 지켜보기 지루했었다. 재밌겠군!"

테피와의 전투라고 해 봐야 별것 없었다.

상대의 레벨이 500을 넘는 것도 아니었고, 기본적으로 사막 전사들이 싸우는 방식은 비슷하니까.

다만 기사들처럼 사막 전사들은 땅에서가 아니라 낙타를 타면 훨씬 더 제대로 된 전투력을 발휘한다.

위드는 마지막이라는 생각에 테피의 머리를 시미터로 강

하게 후려갈겼다.

"크윽, 졌다."

-사막의 최강자 테피가 당신의 무력을 인정했습니다.
그는 경이로운 힘에 의해 패배했습니다.
전투 업적으로 명성이 1,300 증가합니다.
힘이 영구적으로 3 늘어났습니다.

대결로 스텟만 총 15개가 넘게 늘어났으니 상당히 만족스러운 성과였다.

물론 전사들을 쓰러뜨리지 못했다면 얻지 못했을 테지만.

"자, 이제 모두 낙타를 타고 전투를 준비합시다."

"무슨 말이지?"

"사방에서 사막 웜들이 다가오고 있습니다."

"……!"

위드의 말에 테피와 부족 전사들은 주위를 둘러보았다.

슬금슬금 움직이는 모래의 형체. 사막 웜의 특성임을 그들도 모르지 않았다.

"이런……."

"습격이다!"

위드가 경악하고 있는 부족 전사들에게 말했다.

"당황하지 마세요. 놈들은 진동을 느낍니다. 그 자리에서 그대로 무기를 꺼내고 천천히 낙타를 탄 후 전투를 대비하면 됩니다."

"그렇지만 사막 웜이 너무 많은데. 신속하게 빠져나가는 건 어떤가."

테피가 무기를 들고 반박했다.

용감한 전사이긴 하지만, 이미 스물이 넘는 사막 웜들이 화살을 쏠 수 있는 위치까지 접근해 있었다.

그 너머에는 어쩌면 백 단위의 사막 웜들이 우글거릴 테고.

영락없이 부족의 전멸을 걱정해야 하는 위기.

위드가 씩 웃으며 말했다.

"제가 선두에서 싸우겠습니다."

따지고 보면 로자임 왕국 병사들처럼 1명씩 애지중지 다룰 필요가 없었다.

'전사들을 전부 무사히 지키려면 어렵겠지. 근데 퀘스트에 그런 내용은 없었잖아.'

그저 태양의 부족과 함께 사냥하라는 내용뿐.

이 자리에서 도망을 치더라도, 사냥을 계속하다 보면 퀘스트는 완수될 가능성이 높았다.

사냥에 참여하여 전투 업적을 충분히 세우면 되는 것이었으니까.

'그럴 만한 시간도 아깝고. 또 여긴 사막이란 말이지.'

사막에서는 사막의 방식이 필요했다.

앞뒤 가리지 않고 화끈하게 질러 주면 되는 것.

잘 싸워서 살아남은 전사들은 강해질 것이고, 약한 자들은 죽을 것이다.

팔로스 제국을 건국했던 사막의 대세왕 시설에 세운 전통이었다.

"먼저 갑니다."

위드가 낙타를 타고, 슬금슬금 움직이는 모래로 달려갔다.

사막의 뜨거운 모래가 갈라지면서 흉측한 사막 웜이 튀어나왔다.

대형 지렁이!

그것도 뾰족한 이빨을 수없이 많이 가지고 있는 사막 웜이 정면으로 덤벼들었다.

-쿠엣!

단숨에 잡아먹으려는 듯, 입을 크게 벌린 채!

위드는 이미 대비하고 있었다.

"달빛 조각 검술!"

로아의 명검에서 빛이 길게 뻗어 나오더니 그대로 사막 웜의 눈을 베었다.

그 직후 주위를 돌아다니는 차원문을 통과.

사막 웜의 입 앞에서 사라지더니, 뒤쪽에서 나타났다.

"열기 강타!"

위드는 사막 전사들에게 배운 스킬을 쓰며 사막 웜을 현란하게 베었다.

—뜨거운 충격!
상대방의 생명력을 93,907 감소시켰습니다.
열기가 남아서 매초마다 3%씩의 추가 피해를 입힙니다.

사막 웜은 방어력이 낮은 대신에 생명력이 높은 편.

—쿠우와아아아악!

불에 타는 몸을 뒤틀면서 사막 웜이 발버둥을 쳤다.

"섬광의 상흔!"

위드는 다양한 공격 스킬을 사용하면서 사막 웜을 공략했다.

쉽게 죽지 않기 때문에 여러 스킬들을 활용하여 공격법을 연마하기에 좋은 대상이었다.

'쾌속 베기. 이건 기본 스킬이면서도 쓸 만하긴 하군. 상대가 대형 몬스터라면 순간 대미지가 꽤 크겠어.'

머릿속으로 알고 있는 스킬들을 써 보면서 정확하게 확인했다.

평소의 사냥과는 다르게 사막 웜을 단숨에 해치울 생각은 없었다.

슬금슬금, 꾸물꾸물

위드가 사막 웜 1마리와 싸우고 있자, 인근의 모래가 들썩이면서 뭔가가 다가왔다.

'역시 그럴 줄 알았지.'

먹잇감의 움직임을 느끼고 기습 공격을 위해 느릿느릿 다가온다.

그러다가 어느 한순간에 갑자기 덮치는 것이 사막 웜의 특징.

"으아하하압!"

—전사의 포효를 터트리셨습니다.
 공격력이 20초 동안 100% 강해집니다.
 맷집이 5초 동안 80% 높아집니다.

전사의 전용 스킬!

위드는 함성을 지르며 공격력을 상승시켰다.

그러자 강하고 맛있는 먹이의 유혹을 이기지 못하고 더더욱 몰려드는 사막 웜들.

사막 전사들을 에워싸던 사막 웜들이 최소한 12마리 정도는 다가오고 있었다.

그리고 한순간.

—캬앗!

—쿠에에에에엣!

사막 웜들이 앞과 뒤, 옆에서 일제히 입을 벌리면서 튀어나왔다.

아찔하기 짝이 없는, 기다리던 매복 공격이었다.

"용암의 강!"

위드가 검을 휘두르며 스킬을 터트리자, 대지가 갈라지면서 반경 수십 미터에서 용암이 솟구치기 시작했다.

얼마 전에 모래 폭풍을 없애던 것과는 비교도 할 수 없는 강력함!

"오… 저것은!"

"사막의 전설에 나오는 바로 그 기술이다."

짧은 순간이지만 태양의 부족 전사들이 토해 내는 감탄의 목소리도 들렸다.

'바드레이에게 고마워해야 되겠군.'

조각 파괴술로 힘을 대폭 늘려 놓아서 위력이 좀 커지긴 했다. 그렇지만 근본적인 이유는 역시 불꽃의 성배 덕분.

불꽃의 성배 : 내구력 30/30.
불의 정화가 담겨 있는 잔이다.
인간들이 간 적 없는 땅속 깊은 곳에서 흐르는 용암을 채취했다는 이야기도 있고, 100만 년 동안 타오른 불이 담겨 있다는 소문도 있다.
전설이 담긴 물품.
성배의 힘을 이끌어 내면 어떤 어둠도 물리칠 수 있으리라.

제한 : 없음.
옵션 : 소유하는 것으로 모든 스텟 53 증가.
생명력과 마나의 최대치 70,000 상승.
불과 관련된 모든 스킬의 위력이 200% 강화.
전투 스킬의 효과 +35%.
화염의 피해를 거의 받지 않음.

열흘에 한 번씩 '성배의 평정'을 사용할 수 있음.
특수 : 전설이 봉인되어 있다.
밝혀지지 않은 옵션이 일곱 가지 잠들어 있음.
성배의 평성 : 흐르는 용암의 강이나 폭발하는 용암 분출구를 소환하여 적을 쓸어버린다.

전사에게는 불의 속성이 가장 흔했다.

간혹 대지 계열의 스킬이나, 드물게 물의 속성을 가진 기술을 쓰는 워리어도 있긴 하다. 방어력이나 회복력을 높여주는 특성의 기술들.

얼음의 속성은 몬스터를 얼리고 느리게 만들기 때문에 각광받지만, 공격력만 놓고 보면 역시 불이 최고였다.

"몽땅 태워 주마!"

위드의 용암의 강에, 모래 위로 올라온 사막 웜이나 지하에 숨어 있던 녀석들이나 한꺼번에 휘말렸다.

거칠게 뿜어 나와 급류처럼 흐르는 용암의 강이 사막 웜들을 쓸어버렸다.

-용암의 강이 발동되었습니다.
반경 86미터 범위에 용암이 흐르며 적을 휩씁니다!

용암의 강이 1분 넘게 지속되면서 꾸준한 피해를 입혔다.

위드는 사막 웜의 기선을 제압한 후에 사자후를 터트렸다.

"전원 공격! 실컷 싸워라!"

통솔력, 지휘력을 올려 주는 스킬.

"우와아아아아아!"

그렇지 않아도 지켜보며 놀라워하던 태양의 부족 전사들이 앞으로 달려 나갔다.

불덩어리가 되어서 타들어 가는 사막 웜들을 시미터로 마구 베었다.

전사들이란 지극히 단순한 존재들이었다.

사막의 대제왕 시절에도 먼저 가서 날뛰고 그다음에는 사기가 오른 사막 전사들과 같이 싸우면, 그게 최고의 효율을 발휘했다.

사막 전사들은 불과 친하기에 추가적인 공격력이 부여되었다.

"으랴압!"

테피도 1마리의 사막 웜을 집중 공격했다.

그때부터 흉성이 폭발한 듯 사방에서 튀어나오는 사막 웜들!

달구어진 모래사막에 붉은 용암의 강이 흐른다.

그 위로 펼쳐지는 뜨거운 전투에 위드와 부족 전사들, 사막 웜들이 한꺼번에 뒤엉켰다.

⚜

케이베른이 도시를 파괴하고 다니면서 얼마 전부터 북부에는 거대한 변화의 바람이 불었다.

"모라타를 잃어버린 북부를 생각하실 수 있겠습니까? 대지의 궁전은요? 대지의 궁전을 또 잃으면 우린 어떻게 될까요?"

빙룡 광장에서 누군가가 말했다.

드넓은 북부 대륙에 정작 변변한 대도시가 없다는 건 큰 단점이었다.

대지의 궁전이 완성되며 인근 도심은 급속도로 커지고 있었고, 모라타는 대륙 전체를 뒤져 봐도 유례가 없을 규모의 대도시다.

생산량과 교역, 인구, 어느 측면에서나 중앙 대륙의 어지간한 도시들을 압도했다.

"이대로라면 조만간 케이베른이 모라타를 노릴 것입니다!"

북부 유저들은 두려웠다.

아렌 성이나 소므렌 자유도시 등의 번영도가 워낙 높았기에 파괴당할 순서가 미루어졌을 뿐이다.

모라타 역시 위험한 대도시임은 마찬가지.

다른 어떤 도시를 잃는 것보다도, 모라타를 잃는 것은 의미가 남달랐다.

모라타는 북부의 심장이었고, 수많은 유저들의 희망이고

마음의 고향이었다.

아르펜 왕국이 생기기도 전부터 작은 마을이었던 모라타와 함께했던 유저들은 그 추억을 잃고 싶지 않았다.

"케이베른이 오면 우리 모두가 나섭시다!"

"맞습니다. 나서야죠. 그렇지만 냉정하게 볼 때, 블랙 드래곤은 우리 모두를 죽이고 모라타를 폐허로 만들 겁니다. 우리가 돌아와도 모라타에 남은 건 아무것도 없겠지요. 그러니 방법은 하나뿐입니다."

북부 유저들은 모라타를 잃고 싶지 않은 마음에 한 가지 아이디어를 만들어 냈다.

인구 분산 정책!

모라타에 집중된 인구를 북부의 지방으로 퍼뜨리는 것이다.

"갑시다. 우리의 고향을 위해서요."

"떠납시다."

유저들은 황소가 끄는 마차에 짐을 싣고 북부 대륙 전역으로 흩어졌다.

수많은 판잣집들이 해체되고, 생산 시설들도 다른 도시와 마을로 옮겨 갔다.

도로가 뚫리고, 배가 드나드는 강가에는 무역도시들도 생성되면서 기능을 분산시켰다.

머물던 유저들이 일부러 떠났지만, 모라타의 기반 시설들이나 거주 인구, 생산과 상업의 중심지 역할은 그대로 유지되었다.

더구나 중앙 대륙의 유저들과 관광객들이 꾸준히 찾아오고 있었다.

대지의 궁전.

풀죽신교의 넘쳐 나는 인적자원 중에서도 똑똑한 이들만 모였다.

현실에서의 경제학자나, 경영 컨설팅에 관련된 이들만 수천 명.

최소 박사 학위 이상을 가지고 있거나, 업계에서 이름만 대더라도 누구나 알 만한 회사에 10년 이상 다닌 이들만 모인 것이다.

"우리의 분석에 많은 것이 달려 있습니다. 드래곤이 공격할 도시를 일찍 파악하는 건 그 중요성을 아무리 강조하더라도 부족하지 않을 것입니다."

경제학계의 원로가 먼저 나서서 말했다.

그 시간부터 모든 인원들이 정교한 자료 검토에 나섰다.

베르사 대륙 대도시들의 발전도와 인구, 번영도, 산업 시설, 기술, 장인들의 숫자, 상업, 관광, 농업생산력, 명성, 영향력 등을 철저히 분석하는 것이다.

"법칙이 있을 거야. 우리는 그 법칙을 찾아내야 해."

지금까지 공격 대상이 되어 파괴된 도시들과, 앞으로 파괴될 가능성이 높은 도시들.

확인해야 할 부분이 많아도 그들에게는 어려운 일이 아니라서 금방 임시 결론이 나왔다.

"아직은 표본이 부족합니다. 케이베른의 공격이 진행될수록 자료가 완벽해지겠지만 현재로서 모라타는 빠르면 한 달, 늦어도 두 달 내에는 목표가 됩니다. 가능성이 높은 건 한 달에 가깝습니다."

북부의 유저들이 가장 두려워하고 걱정하던 일이 머지않아 벌어지게 될 예정이었다.

위드는 차원문의 장갑을 이용하여 사막 웜과의 전장을 휘젓고 다녔고, 불꽃의 성배를 비롯한 각종 장비들도 공격력을 극대화시켜 줬다.

태양의 부족도 사막의 최정예라는 명성답게 꽤 오래 버티는 데 성공.

사망자 92명.

달구어진 사막에서 벌어진 처절한 전투에 비하면 그래도

적은 희생이었다.

부족의 신입 완료

태양의 부족을 이끌어 사막 웜의 사냥을 마쳤다.
그대가 품은 힘과 용기에 부족 전사들은 모두 감탄하고 있다.

-전투 업적, 사막 웜과의 혈전을 세우셨습니다.
모든 스텟이 2씩 증가합니다.
힘이 5 늘었습니다.
민첩이 1 늘었습니다.

-명성이 5,000 올랐습니다.

퀘스트 완료!

위드는 부상자들에게 잊지 않고 붕대를 감아 주고 약초를 발라 주었다.

"으윽!"

"아파도 참아."

말과는 다르게 대충 슥슥 감아 버리는 붕대!

눈 감고도 상처를 꽁꽁 동여맬 수 있었고, 죽기 직전이라면 대충 살리는 것이 가능했다.

그러자 위드에게 테피가 다가와서 말했다.

"그대의 도움으로 우리 부족이 힘든 싸움을 이겨 냈다. 부족을 대표해서 전사 중의 전사인 그대에게 경의를 표한다."

멀쩡한 태양의 부족 전사들도 주위를 둘러싸고 서 있었다.

중앙 대륙의 기사들처럼 정중하게 예법을 차리지는 않는 전사들이다. 그렇지만 위드가 싸우자고 하면 태양의 부족 전사들은 어디라도 함께 따를 것이다.

이것이 사막의 방식!

테피가 자신의 등에 메고 있던 또 다른 시미터를 건네주었다.

"그대는 사막이 인정한 전사가 될 자격이 있다. 이 광활한 모래 위에서 자유를 누릴 수 있으리라."

띠링!

–직업 '사막 전사'로 전직이 가능합니다. 전직하시게 되면 특수 기술들을 사용하실 수 있습니다.

사막에서 활동하면 힘과 체력이 빠르게 성장합니다.
단순하지만 매우 강력한 위력을 발휘하는 검술들을 익힐 수 있습니다.
낙타를 타면 이동속도가 증가합니다.

사막 전사는 전사의 상위 직업입니다.
지금 전직하시겠습니까?

바라던 전직 기회가 생겼지만, 위드는 실망할 수밖에 없었다.

'퀘스트의 난이도에 비해서… 고작 사막 전사라고?'

사막 전사는 이미 메타페이아를 비롯한 도시 안에서도 자격을 갖추면 전직을 할 수 있는 직업이었다.

사막 내에서 많은 활동을 하고 무력도 갖춰야 했지만, 태양의 부족을 구하면서 고작 이 정도를 생각했던 건 아니다.

'아니야, 실망할 것 없어. 사막에서 활동한다면 사막 전사의 직업은 기본적으로 주어지는 거지.'

태양의 전사는 사막의 최강자에게만 주어지는 직업이니 이것이 끝이 아니리라.

'어디 더 내놔 봐라.'

위드는 마음 편히 생각하기로 했다.

"고맙다. 사막은 전사에게 명예로운 곳이지."

—사막 전사로 전직하셨습니다.

전사의 상위 직업을 얻었습니다.

전문적으로 불을 다루는 전투 스킬들을 익힐 수 있습니다.
생명력의 최대치가 25% 증가합니다.
마나의 최대치가 10% 증가합니다.
전투 업적이 더 크게 알려집니다.
신앙심의 효과가 5% 줄어듭니다.

사막 지역에서 활동하는 동안 생명력의 최대치가 증가합니다. 힘, 체력이 빠르게 늘어납니다.

전투 계열 직업으로는 훌륭한 편.

여러 종류의 스킬이 모두 활용 가능한 무예인과 저절로 비교가 되지만, 오랫동안 사막에서 성장했을 경우에 쌓이는 힘과 체력을 무시할 수 없다.

다만 사소한 부작용으로, 이글거리는 태양 빛 아래에서 지내다 보면 피부가 검게 타는 것 정도는 어쩔 수 없었다.

위드가 은근슬쩍 물어보았다.

"혹시 다른 알려 줄 것은 없나? 직업이나… 그러니까 직업 같은 거. 좀 괜찮은 직업 말이야."

"있다. 내가 보기에 그대는 사막에서 가장 뛰어난 전사다. 우리 부족이 품기에도 너무 거대한 존재다."

로열 로드를 하며 그동안 쌓아 온 예감이 적중.

테피가 시미터로 동쪽을 가리켰다.

"낙타를 타고 쭉 달려가면 태양의 제단이 나온다."

"태양의 제단에 대해서는 들어 본 적이 없는데."

"우리 부족이 신성하게 여기는 곳이지. 이걸 받아라. 태양의 파편을 가지고 있어야만 들어갈 수 있다."

띠링!

> -태양의 제단에 대한 정보를 습득하셨습니다.
>
> 광활한 남부 사막, 태양을 숭배하는 전사들이 신성한 의식을 치르는 장소입니다.
> 사막에서 가장 강한 전사는 이 의식을 통해 태양의 전사로 거듭날 수 있습니다.

> -태양의 파편을 얻었습니다.

위드는 태양의 파편을 손에 쥐었다.
뜨겁기까지 한 돌조각. 기묘한 문양이 그려져 있었다.
"감정!"

태양의 파편 : 내구도 13/40.
태양의 일부로 알려져 있는 파편의 일부이다.
알 수 없는 힘이 숨겨져 있다.

'흠, 다르군. 과거에도 태양의 전사로 전직을 한 적이 있었는데 그땐 이런 방식이 아니었어.'
사막의 대제왕 시절에는 퀘스트나 발견물에는 눈을 돌릴 시간도 없이 쉬지 않고 싸우며 강해졌다.
사막 전사로서 불의 스킬을 쓰다가, 어느 순간 태양의 힘에 대한 깨달음을 얻었다며 전직이 이루어졌다.
'태양의 전사로 의식을 치른다, 이 방식이 진짜군. 제대로 된 힘을 이어받을 수 있는 정식 직업인 느낌이야.'

The Legendary Moonlight Sculptor

하프 엘프 비슈르

The Legendary Moonlight Sculptor

위드가 남부 사막 지역에 머무르는 동안에도 유저들은 활발하게 활동하고 있었다.

하프 엘프 비슈르를 찾기 위한 정보 분석과 탐험.

어떤 단서라도 찾아내면 유명인이 될 수 있는 기회였다.

-모험가 르보이입니다. 현재 위치는 10대 금역에 속해 있는 아베리안 숲입니다. 저는 처음부터 하프 엘프 비슈르가 있을 장소로 숲을 의심했고, 예전에 아베리안을 수색할 때 들어가지 못했던 의심스러운 지역이 몇 곳 있어서 와 보았습니다. 그리고 다섯 색깔 잎사귀의 큰 나무 아래에서 미궁의 입구를 찾아냈습니다. 이곳이 조드인지는 모르겠습니다만 규모가 크고, 아직 출구를 알지 못하겠습

니다.

새로운 글이 뜨자마자 모험가들이 반응했다.

–지금 출발합니다.

–형제여… 가 보도록 하겠습니다.

–드디어 새로운 정보가 떴다!

모험가들이 아베리안 숲으로 달려갔다.

10대 금역이라고는 하지만 옛 라살 왕국의 영토에 위치하여 전사와 모험가가 많이 찾는 장소였다.

위드에 의해 지골라스, 그라페스, 고요의 사막 등이 탐험되면서 금역은 모험가들을 불타오르게 만들었다.

사흘 동안 계속 글이 올라왔다.

–현재 다섯 색깔 잎사귀 나무의 미궁에 있습니다. 확실히 여기는 수상하네요. 넓은 면적도 그렇고, 함정들이 목재로 만들어져서 고급스럽습니다. 같이 온 모험가들은 안타깝게도 대부분 죽었지만요.

–벽에 뭔가가 새겨진 흔적들이 남아 있습니다. 미궁의 함정이라고 생각했는데… 선명하면서도 아름답습니다. 검으로 낸 자국으로 보이는데요.

–하루나입니다. 싱그러운 향기가 나는데, 엘프가 아니라면 맡기

힘들 정도예요. 길을 인도하는 흔적 같은데 몬스터와 함정이 많아요. 확실한 건 모르지만 이곳에 엘프가 왔었던 건 맞는 것 같아요.

-모험가 체이스입니다. 이틀 동안 조사한 상황 보고합니다. 던전은 3개 정도의 구역으로 나뉘어 있는 것으로 보입니다. 지역마다 독특한 흔적을 통해서 미궁을 빠져나가는 구조로 보이는데… 첫 지역의 출구는 제가 찾았습니다.

로열 로드에서 이름을 날리는 모험가들만 1,000여 명이 미궁으로 진입했다.

위드는 사막을 횡단하면서도 정보들을 계속 입수할 수 있었고, 그사이에 다른 미궁에 대한 제보들도 나왔다.

하지만 남아 있는 모험가들에 의해 하루, 이틀 정도 흐르면 공략이 되거나 적어도 찾고 있는 하프 엘프 비슈르와 관련이 없다는 것이 밝혀졌다.

"지금으로서는 아베리안 숲의 미궁이 가장 의심스러운가."

위드는 동쪽 사막에서 낙타를 타고 태양의 제단에 도착했다.

황량한 모래 구릉 사이, 태양의 파편이 뜨거운 열기로 인도한 곳에서 대지가 갈라졌다.

쏴아아아아!

사막이 갈라지면서 드러나는 새하얀 기둥들과 돌로 지은 제단.

태양의 파편과 제단이 함께 빛을 발하고 있었다.

띠링!

위대한 발견! 사막의 숨겨진 유적, 태양의 제단을 최초로 찾아내셨습니다.

태양의 열기가 강렬하게 깃든 곳에 세워진 전사의 유적입니다.
가장 뛰어난 사막 전사가 이곳에서 의식을 치르면 태양의 힘을 얻는다는 전설이 내려오고 있습니다.

모험에 따라 명성이 5,550 올랐습니다.
레벨이 오르셨습니다.
숨겨진 유적을 찾아냈습니다. 특별한 경험으로 힘과 민첩이 3씩 추가로 늘어납니다.
귀중한 발견을 보고하면 추가적인 보상을 얻을 수 있을 것입니다.

태양의 제단.

하늘 한복판에는 태양이 떠 있고, 제단 부근의 모래가 불타기 시작했다.

제단에는 둥그런 붉은 바위가 놓였는데, 주변에는 전사들의 조각품이 이를 호위하듯이 서 있었다.

바람과 모래에 깎여서 대략적인 형태만 남아 있는 조각상들.

태양의 힘을 원하는 전사여

이 바위를 검으로 찔러라.

"설마 여기까지 왔는데 함정은 아니겠지."

위드는 그래도 꼼꼼하게 주변을 살폈다.

믿는 바위도 다시 두드려 봐야 하는 법!

오래된 제단은 진짜로 보였고, 태양의 파편도 반응했다. 무엇보다 조각상들이 흐르는 시간에 따라 풍화된 흔적이 역력했다.

"감정!"

알 수 없는, 오래전에 만들어진 작품

태양의 힘이 깃들어 있다.
자연 파손이 심해서 복원이 필요함.
사막의 보물.

예술적 가치 : 3,610.

"좋아, 확실하군. 그래도 혹시 모르니……."

위드는 언제든 도망칠 준비를 하고 로아의 명검을 뽑아서 바위를 찔렀다.

그 순간!

태양이 강렬한 빛을 발산하고, 불타는 모래가 사방으로 밀려났다.

제단을 중심으로 하늘과 땅을 잇는 휘황찬란한 빛의 기둥이 세워졌다.

위드가 태양의 전사로 전직하는 장면은 방송국들을 통해서 생중계가 이루어지고 있었다.

—대박이다.

—와… 대체 무슨 직업을 얻으려고 저러냐.

—태양의 전사 아닌가요? 딱 1명에게만 부여된다는 그 직업.

—맞을 듯. 퀘스트의 내용도 그렇고…….

방송국 게시판이 들썩이고 있었다.

시청자들끼리 즉석에서 대화를 나눌 수 있는 채팅 방은 폭주 상태.

—예전에 얻었던 직업 다시 구하는 것 같네요. 경험도 있고.

—사막의 대제왕 시절의 재림이 이루어질 것 같습니다.

—그땐 전쟁의 시대에서 중앙 대륙을 정복했는데, 이번에는 뭘 정복하려나.

—평범한 세력들은 이미 다 쓸어버렸음. 남은 건 케이베른.

—헤르메스 찌꺼기도 남아 있어요. 벌써 잊어버리신 분들도 있을지 모르지만.

—블랙 드래곤과의 전투가 갈수록 기대되네요. 설마설마했는데…

이러면 진짜 승산 있는 거 아님?

—직업 많이 바꿔 본 1인으로서 말하자면… 직업 바뀐다고 해서 엄청 강해지는 건 아닙니다. 당장은 어느 것 하나도 제대로 못하죠.

—조각술 마스터, 상급 네크로맨서, 태양의 전사. 진심 로열 로드를 걷는구나.

—뭔가 로열 로드 같진 않지만 결과물이 로열 로드.

—파일럿이 위드입니다.

—바드레이도 방송 보고 있을 듯. 부들부들 중 예상.

철혈의 워리어 직업을 얻기 위해 북부 대륙의 해안가 마을에 있는 바드레이.

그는 부지런히 퀘스트를 하고 있었다.

조개껍질을 모아라

진주의 수수께끼

붉은 소라

낚시의 추억

'도대체 이게 무슨 퀘스트지?'

전투 퀘스트는 많이 진행해 봤지만 이런 잡다한 의뢰들은 까다롭고 어려웠다.

"인간. 인간들과는 연락을 오랫동안 끊고 살았다. 아르펜 제국? 인간들이 세운 왕국인가."

바바리안들은 하벤 제국이나 아르펜 제국에 대해서도 몰랐다.

바드레이가 지금까지 쌓은 명성도 통하지 않는 고립된 작은 마을.

헤르메스 길드에서 급하게 모험가 란토스를 불렀다.

"걱정하지 마십시오. 전문적인 모험가가 무엇인지를 보여드리겠습니다."

란토스는 헤르메스 길드의 적극적인 지원 속에서 성장한 유저였다.

정복과 전투를 중심으로 한 헤르메스 길드였지만, 중앙 대륙에는 수많은 신비로운 것들이 잠자고 있다. 특히 보물이나 장비를 발굴하는 분야에 있어서는 란토스를 최고로 꼽을 수 있었다.

"낚시도 잘하십니까? 노란 아가미에 푸른 비늘을 가진 물고기를 낚아야 합니다만."

"그럼요. 조금 익혀 두었습니다."

"스킬이 얼마나 되죠?"

란토스가 볼을 살짝 긁으며 대답했다.

"중급 3레벨입니다. 아시다시피 낚시는 모험가에게 필수 스킬은 아니라서요. 한가롭게 여유를 즐기는 낚시꾼, 어부나 항해사 등이 좋아하는 스킬이죠."

대륙을 떠도는 모험가들.

체이스나 스펜슨 같은 유저들은 낚시 스킬도 고급에 도달해 있었다.

멋진 풍경이 나타나면 한가롭게 낚싯대를 드리우기도 하고, 모험의 긴장감을 풀기에 좋았다.

란토스는 모험가이기는 하지만 탐색과 발굴, 함정 해체의 전문가.

"저한테 맡겨만 주십쇼. 진정한 모험이 무엇인지 알려 드릴 테니까요."

꼬박 사흘 동안 밤낮을 가리지 않고 낚싯대를 던져서 어쨌든 퀘스트를 완료하기는 했다.

바바리안 여전사는 물고기를 받자마자 모닥불에 구웠다.

"좀 오래 걸렸군. 예전에 먹었던 그 맛이 떠오를지 모르겠어."

지글지글.

잘 익어 가는 생선.

바드레이와 란토스는 멍하니 그 모습을 지켜보고 있었다.

위드라면 옆에 앉아서 넉살 좋게 어떤 맛이었는지를 물어보았으리라.

평범한 싸구려 소금을 200골드 비싼 특제 소금이라고 사기 치면서 요리를 하는 것은 덤!

이틀간 4개의 퀘스트를 더 하면서 친밀도를 높이고 나서야 바바리안 여전사는 다음 의뢰를 주었다.

"전사라면 힘든 전투도 겪어 봐야 해. 롬달 섬으로 가서 그 지역의 몬스터들을 퇴치할 수 있겠나?"

"저에게는 쉬운 일이군요."

바드레이는 담담하게 의뢰를 받아들였다.

'철혈의 워리어는 역사에도 몇 번 출현했다. 수만의 적을 상대로도 끄떡없이 버텼다고 했다.'

흑기사를 이미 마스터하고, 각종 검술의 비기를 모았다. 실력에 대한 자부심은 충분했다.

'공격력은 넉넉하다. 방어력에 집중한다면 그 어떤 유저도 나를 이기지 못해. 일대일 승부에서 내 적수는 위드가 아니다. 드래곤에게도 버티는 것이 궁극적인 목표가 될 것이다.'

위드는 태양의 전사로 전직하고 나서 중앙 대륙으로 이동했다.

사막에서 활동하면 신체 능력이 강화되고 성장 속도가 빨라지지만, 한 지역에만 머무를 수 없을 정도로 바빴다.

종말의 날과 같은 궁극 스킬도 익힌 상태였다. 이건 검술의 비기와는 다른 강력한 위력을 발휘했다.

-알 수 없는 던전에 들어오셨습니다.

아베리안 숲의 나무 아래에 있는 던전입니다.
이곳에 어떤 비밀이 있는지는 밝혀지지 않았습니다. 하지만 조심해야 할 것입니다.
길을 잃고 헤매다 보면 갑작스러운 위험이 나타날 것입니다.

이름이 알려지지 않은 던전!

하프 엘프 비슈르의 흔적을 찾기를 기대하며 도착한 것이다.

위드가 입구로 들어오자 귀가 길쭉한 여성 유저가 기다리고 있었다.

"하루나예요. 반가워요, 위드 님."

"네, 안녕하세요."

"우리 모험가들이 밝혀낸 지역은 던전의 절반 정도예요. 우선 아는 곳까지 안내하도록 할게요."

"고맙습니다."

벽에는 흙과 나무뿌리들이 보였다.

어두운 동굴의 천장과 벽에서는 모험가들이 설치한 수정 구슬들이 빛을 밝히고 있었다.

하루나는 발끝으로 사뿐사뿐 걸으면서도 엘프답게 걸음이 꽤 빨랐다.

"이렇게 오셔서 정말 영광이에요."

"네. 도움에 감사드립니다."

"25분 정도 걸으면 첫 번째 지역은 넘을 수 있어요. 일정 시간마다 나무뿌리가 움직이기 때문에 길이 열려 있는 동안 빨리 가야 해요."

"저는 더 빨리 걸어도 괜찮습니다."

엘프 유저들은 대부분 아름다운 편이었다.

현실에서의 외모를 기본으로, 늘씬한 몸매와 갸름하면서도 깨끗한 피부를 가지고 있다.

위드는 그럼에도 하루나를 채석장에 널린 돌처럼 여겼다.

서윤을 아침저녁으로 보는 터라, 어떤 여자를 봐도 딱히 예쁘다고 느껴지질 않았다.

'여동생이 앞으로 결혼이나 할 수 있을지 모르겠어…….'

유린의 미모로는 장래가 걱정되는 수준!

그렇게 걸어가는 동안 모험가들과도 마주쳤다.

"위드 님! 저 단테입니다."

"오랜만이군요."

"하하, 같이 모험을 할 수 있게 되어서 정말 좋습니다."

미궁에서 모험가들과 만나 함께 줄줄이 이동했다.

위드와 안면이 있다는 것만으로도 단테는 유저들 사이에서 시샘과 부러움의 대상이 되었다.

베르사 대륙에서 수많은 업적을 세우고 아르펜 제국의 황

제 자리까지 오른 덕에 위드의 명성은 새로운 단계에 올라 있었다.

“이곳이 두 번째 지역의 입구예요.”

하루나와 함께 도착한 곳은 나무뿌리들이 뒤엉켜 있는 장소였다.

사람이나 엘프 1명 정도가 간신히 통과할 수 있는 비좁은 틈.

그곳을 넘어서서 걷다 보면 다시 통로가 넓어졌지만, 주의 깊게 살피지 않는다면 감쪽같이 모르고 지나칠 장소였다.

“여기서부터는 함정들을 모두 해체하지 못했어요. 몬스터들도 간간이 나오고요.”

첫 번째 지역은 모험가들에 의해 정리되었지만, 두 번째 지역은 아직 탐험 중이었다.

모험가들은 수없이 갈라져 있는 통로마다 샅샅이 수색하면서 길을 찾아내는 중이었다.

“체이스 님!”

“오… 위드 님 오셨습니까, 하하하.”

모험가 체이스와도 만나서 함께 두 번째 지역의 탐색에 나섰다.

"지도를 제작하고 있습니다. 대단히 넓은 던전이긴 하지만 1,000명이 훨씬 넘는 유저들이 나섰으니 저녁에는 해결이 되리라 봅니다."

"그렇군요. 케이베른을 막는 데 도움을 주셔서 고맙습니다."

"당연히 해야 하는 일인데요, 뭘. 위드 님이 베르사 대륙을 위해서 얼마나 많은 일을 해냈는지는 모험가인 제가 잘 압니다. 남들이 나서지 않을 때 엠비뉴 교단을 막는 일을 비롯하여 어려운 일들을 해냈고, 지금도 앞장서서 고생하고 계시지 않습니까?"

긴 칭찬.

어딜 가더라도 이 정도의 칭찬은 자주 듣는 편이었다.

'이럴 때 겸손하게 말해야지.'

위드는 촉촉하게 입술에 침을 발랐다.

"흠흠, 그저 제가 하고 싶어서 하는 일입니다. 사람들을 위해 엠비뉴 교단은 꼭 막아야 한다고 생각했었고요."

"위드 님이 베르사 대륙을 다스리면 세상이 정말 편안해질 것입니다."

"물론 그래야지요. 사람들이 행복하게 사는 게 제 목표입니다."

터무니없는 거짓말은 아니었다.

행복한 사람들에게서 세금을 듬뿍듬뿍 뜯어내는 게 진정

한 목표일 뿐.
모험가 르보이나 여러 유명한 유저들과도 잠깐씩 인사를 나눴다.
"힘들지 않으세요?"
"뭘요. 어두침침한 던전들이 제집입니다. 여긴 나무 향기도 좋고 친구들도 많아서, 맥주 파티도 벌이고 있습니다. 물론 탐험에 지장을 안 줄 정도로만요."
몬스터들을 상대하고 함정을 해체하는 일에 모험가들은 진심으로 즐거움을 느끼고 있었다.
모험이 매번 성공을 거두는 것도 아니고, 큰 보상을 주는 것도 아니다.
무엇보다 본인들이 즐기지 않으면 이어 갈 수 없는 직업.
"앞으로 아르펜 제국에서는 모험 퀘스트의 보상을 크게 늘릴 것입니다."
"정말요?"
"네. 유적이나 광산의 발굴에서부터, 모든 종류의 모험을 적극 지원하겠습니다."
위드의 말은 묵직한 무게를 담고 있었다.
일단 내뱉어지고 나면 되돌리기 어렵지만, 모험가들이 그 이상의 부가가치를 만들어 줄 거라고 확신했다.
'실패도 하겠지. 성공하면 보상을 받고. 근데 실패하는 건 나랑 상관없잖아?'

성공에 대한 이야기들은 실패의 두려움을 잊게 만들고 희망을 품게 만든다.

케이베른이 활동을 하면서 대도시들이 무너지고, 몬스터의 크고 작은 침략을 당한 지역은 부지기수로 많았다.

각 방송국들은 날마다 베르사 대륙 멸망을 걱정하고 있었지만 의외의 변화가 일어나는 중이었다.

-모라타입니다. 과일 가게 하고 있는데요, 무슨 일이 벌어지는 겁니까? 점심 무렵이면 물건이 다 팔려서 장사를 접어야 돼요.

-푸홀 워터파크입니다. 놀 분위기가 아니라고 생각했는데… 초대박! 중앙 대륙의 큰손들이 잔뜩 몰려왔어요.

-워터파크에서 멀리 떨어진 지역의 별장까지 다 팔렸습니다. 추가 분양이 이루어지면서 가격도 급상승 중.

-가르나프 평원에서 헤르메스 길드가 하벤 제국군과 함께 폭망하고 나서… 전리품으로 고급 장비들 잔뜩 풀렸잖아요. 그 후 장비 시세 떨어질 줄 알았는데 다시 엄청 오름.

-지금 던전이나 사냥터마다 유저들로 바글바글해요.

-도시에도 사람 많습니다. 어딜 가더라도 사람들 천지예요.

도시가 부서지고 자연재해가 발생해서 곡물의 생산량이 감소했다. 낙원처럼 즐겁던 베르사 대륙이 크게 위험해지고 혼란에 빠져들었다.

하지만 유저들의 활동은 훨씬 늘어났다.

-뭐라 설명할 수는 없는데, 요즘 로열 로드가 더 재밌어진 듯.

-하고 싶은 것도 많고, 해야 할 일도 많고…….

-위험한데 좋네요. 저 좀 미친 거 같기도 하고. 하하.

농부들은 곡물을 보살피며 검은 비의 피해를 줄이기 위해 노력했다.

상인들은 짐마차를 몰아 대륙을 누비고 다니며 떨어져 가는 생필품을 공급했고, 다른 직업군의 유저들도 긴 잠에서 깨어난 듯이 활기차게 활동했다.

위기에 빠지니 사람들은 더 큰 흥미와 즐거움을 만끽하는 모습.

적극적으로 사냥을 하고, 생산과 채집도 하고, 휴가도 즐겼다.

도시들이 부서졌지만 고향을 잃은 유저들까지 모두 사라진 것은 아니었다.

에바루크 성이나 소므렌 자유도시도 지역 주민들과 유저들에 의해 복구 작업이 시작되었다.

"모라타도 폐허에서부터 시작되었는데. 우리도 충분히 해낼 수 있잖아요!"

"다시 일어섭시다. 아르펜 제국에서도 적극적으로 지원해 준다고 했어요."

유저들은 포기하지 않았다.

평화로울 때는 자신의 일을 하며 조용히 지냈을 유저들이, 폐허에 집을 짓고 도로를 까는 일에 나섰다.

다인이 전 재산을 털어서 복구 작업에 투입했으며, 이 소식이 알려지면서 창고에서 물건들을 빼 갔던 유저들은 물품들을 다시 가져왔다.

"복구 작업에 썼으면 좋겠습니다. 저도 유명하진 않지만 에바루크의 유저입니다."

사람들의 힘이 모이다 보니 아르펜 제국은 케이베른의 위협에도 불구하고 급성장하고 있었다.

―이번 주 아르펜 제국의 수입이 많이 늘었어요.

서윤이 저질렀던 천문학적인 투자도 맞물려서 엄청난 부가가치를 형성하고 있었다.

평범한 마을이 도시로 승급하고, 각종 생산량이 30% 이상씩 증가했다.

도로가 잘 뚫려 있고 넉넉한 토지가 있는 도시들은 2배씩 생산 확대가 이루어졌다.

그동안 중앙 대륙의 유저들이 벌어 놓은 돈은 꽤 많았다.

아무리 헤르메스 길드가 심각한 착취를 해 갔어도, 유저들이 사냥과 장사를 통해 번 돈은 시간과 비례해서 쌓여 있었다.

그동안은 하벤 제국의 지배 아래에 돈을 숨겨 놓기 바빴지만 이제는 과감하게 썼다.

—지금입니다. 위기 같지만… 이 위기마저 넘어가면 아르펜 제국은 끝내주게 발전할 겁니다.

—드래곤이 부술 만한 대도시만 아니면 되죠. 중간 정도 되는 도시들, 특히 휴양지는 좋잖아요?

—부동산 전문 투기꾼입니다. 저는 평생 일 안 하고 투기로만 먹고살았습니다. 지금이 기회입니다. 늦으면 가격 폭등하고 나서 판잣집에도 내 집 마련 못 한다고 장담합니다.

—교통, 사냥터, 상업. 모두 발달한 지역의 땅에 투자하십쇼. 땅은 거짓말 안 합니다.

중앙 대륙의 땅값도 폭등하는 중이었다.

아르펜 제국의 투자가 제대로 불을 지폈다.

지금까지 억눌려 왔던 자금이 미친 듯이 풀려나오며, 사람들은 기대 이상으로 희망적으로 생각하고 있었다.

—위드 님이 반드시 드래곤을 퇴치할 겁니다.

—퇴치 못 해도 되죠. 도시 하나씩 부서져도 뭐… 참고 살 만해요.

—신도시로 밀어 버립시다. 건설 최고!

—드래곤도 한계가 있지, 대륙의 수많은 도시들을 어느 세월에

다 부숨?

–새로 만들어지는 도시들이 더 많다는 게 팩트.

–몬스터도 뭐… 많아져도, 적응하면 버틸 만해요. 사냥하면서 성장도 빨라지고. 그러면 도시 파괴도 안 됨.

도시가 파괴되고 몬스터들이 대규모로 돌아다니는 모습에도 유저들은 어느새 적응하고 있었다.

–아르펜 제국, 위드 님은 도시 개발의 전문가입니다. 그러니 우린 믿고 가면 됩니다.

–대도시가 부서져도 부근 지역은 더 발전합니다. 그러니 호재죠.

–주식, 코인. 다 필요 없습니다. 로열 로드가 정답입니다. 여기만큼 즐겁고, 즉각적인 보상이 이루어지는 곳은 없어요.

–장기적으로 무조건 우상향입니다. 가즈아아아아!

유저들이 적극적으로 투자하고 활동하면서 거침없이 성장이 이루어졌다.

하벤 제국은 매달 조금씩 떨어지는 세금 수입을 걱정하며 쇠락해 갔지만, 아르펜 제국은 그와는 정반대였다.

대규모 투자와 유저들의 활동에 의해 세금 수입이 매주 20%씩 증가했다.

그동안 줄어들었던 세금이 회복되는 것이기도 했지만, 그

래도 믿기 어려울 정도의 성장세.

위드는 기분이 좋아져서 개발계획을 발표했다.

"대륙 전체에 12개의 워터파크를 만들겠습니다. 초대형 빌딩? 위대한 건축물? 몽땅 때려 짓겠습니다!"

선거철에 공약만 실컷 남발하는 흔한 정치인들과는 다르다. 위드는 한다면 하는 사람이었고, 또 그에 대한 대비도 철저히 되어 있었다.

헤르메스 길드에서 소유하고 있던 건물들과 넓은 평원, 산, 강 인근의 임야를 정복하며 무상으로 넘겨받았다.

제국의 막대한 토지 재산을 바탕으로 개발계획을 세우며 부동산 가치를 높이는 것이다.

주택, 별장, 호텔 사업을 하면서 막대한 분양 실적을 올리고, 그 자금은 제국 내에 재투자를 할 수 있다.

사람들의 말처럼 케이베른이 공격할 우려가 높은 대도시만 아니라면, 중간 정도 되는 상업, 교통 도시는 더 크게 발전할 여지가 있었다.

-몬스터들의 성채에도 투자 계획이 세워짐. 상황도 안 보고 막 발표한 듯. 미친 거 아님?

-위의 분 모르시는 말씀. 몬스터만 토벌하면 바로 유원지 아닙니까.

-죽여주는 테마파크죠.

–푸홀이 어떤 곳이었는지 아는 사람들은 미래를 의심하지 않습니다.

–관광지가 별겁니까? 사람들이 가서 놀 만하면 관광지지, 예전에 뭐 하던 곳인지는 중요하지 않아요.

–동쪽 바다 화산섬 개발계획이 더 무지막지함. 이건 지난달에 터진 적이 있는 활화산임.

–와… 온천욕 제대로 하겠네요.

위드는 열심히 사냥을 하고 치안을 확보하는 일만이 통치 행위라고 생각하지 않았다.

"황제로서 꿈을 심어 줘야 돼. 사람들이 희망을 품을 수 있도록 말이야."

아르펜 제국의 투자로 인한 유저들의 태도 변화에 민감하게 반응했다.

사막에서도 어떤 식으로 유저들을 착취할지를 고민!

그동안 부동산 투기에 대해 공부한 지식도 개발계획을 세우기 위한 밑바탕이 되었다.

"투기 심리를 자극해야지. 막대한 돈이 풀리면 제국을 빠르게 발전시키는 열쇠고리의 역할을 해 주니까."

장밋빛 환상이 있다면 사람들은 돈을 꺼내는 데 주저하지 않는다.

뭔가 잘될 것 같고, 나만 뒤처질 것 같다는 느낌. 특히 이

웃이나 친구가 돈을 벌 것 같으면 벌써부터 아랫배가 살살 아파 오는 것이 사람 심리다.

"지금 돈이 많아야만 행복한 게 아냐. 앞으로 돈을 잔뜩 벌 것 같으면 벌써 행복해지는 거지."

투기를 바탕으로 한 희망의 정치!

그동안 쇠락했던 도시들을, 로열 로드의 초창기처럼 멋지게 탈바꿈시킨다는 계획.

생산력이 늘어날 테고, 무역도 활발하게 진행된다. 무엇보다 유저들이 적극적으로 뭔가를 해 보려고 나설 것이다.

"통치는 정직이나 노력만으로 되는 게 아냐."

위드는 올바른 말을 하는 정치인은 인기를 얻고 성공하기 힘들다고 생각했다.

입바른 말은 듣기에 괴롭다.

법도 잘 지키고 정직하게 열심히 살라는 말은 누구든 할 수는 있다. 그렇기에 더 지겨운 법.

하지만 그게 무슨 재미?

"초대형 건물을 세울 겁니다. 도로도 막 만들 거고. 땅값 왕창 오를 테니 얼른 사세요!"

"우와아아아앗!"

"여러분, 실컷 돈 벌게 해 드리겠습니다."

"위드 만세!"

현실에서는 투기의 부작용이 막대하게 작용했다.

한창 집값이 오를 때는 건설 경기도 좋고 일자리도 많이 창출된다.

그렇지만 불어난 집값은 열심히 살아가는 사람들에게 부담으로 작용하기도 한다.

평생 일하고 아껴서 저축해도 내 집 마련을 하기 어렵다면 불만이 생길 수밖에 없다.

정부도 함부로 잡지 못하는 집값!

"그때부터는 집값을 낮춘다는 명목으로 집집마다 보유세를 팍팍 때리면 돼."

정치인들도 보유세를 올리면 효과가 크다는 사실을 알면서도 하지 못한다.

까놓고 말해서 세금을 많이 거둬들인다 해서 자기 돈이 되는 것도 아닌데 욕까지 먹으며 진행하기는 힘든 정책이었다.

하지만 아르펜 제국의 황제는 위드!

투기를 조장하여 막대한 부동산 붐을 일으키며 제국을 개발하고, 그다음에는 세금을 올려서 거둬들이는 돈은 모두 자신의 것이다.

돈 좀 벌려는 순진한 투기꾼들은 이리 뜯기고 저리 뜯기는 신세가 되어 버릴 터!

"경제개발은 내 위주로 해야지. 암, 그렇고말고."

◈

"해냈다!"

미궁의 두 번째 지역 입구는 모험가들의 적극적인 노력에 의해 저녁이 되기 전에 공략에 성공했다.

세 번째 지역에서는 훨씬 넓은 면적에 걸쳐 몬스터와 함정이 기다리고 있었다.

"여기서부턴 위드 님이 나서시겠습니까?"

르보이가 조심스럽게 물어 왔다.

지금까지는 탐험을 주도해 왔지만, 모험가들은 언제든 보조 역할로 돌아설 준비가 되어 있었다.

로열 로드 역사상 최고의 모험가라고 불리는 위드의 실력을 보고 싶은 마음!

"음……."

위드는 베르사 대륙 최고의 모험가 집단보다 잘할 자신은 없었다.

'미궁이라… 고생은 엄청 하지만 의외로 해답은 간단한 곳에 있었던 적이 많지.'

어떤 경우에는 열쇠가 되는 무언가를 가지고 있지 않으면 영영 열리지 않기도 했다.

'내가 나서서 해결할 수도 있겠지만, 1,000명이 넘는 모험가들을 놔두고 굳이 앞장설 필요가 있나?'

선두에 서는 것도 때와 장소를 가려야 한다.

각종 모험 스킬과 경험을 보유한 모험가들을 손 놓고 놀게 내버려 두는 건 재능 낭비.

위드는 모험가들의 기대 어린 시선을 받으며 입술에 다시 침을 듬뿍 발랐다.

"여기까지 온 것은 모두 여러분의 공적입니다. 저는 여러분을 믿기에, 시간이 다소 오래 걸리더라도 기다리겠습니다."

"……!"

"과연!"

몇 마디의 말로 하는 공치사.

그럼에도 사람들은 자신을 믿어 주는 이를 위해 목숨을 걸기도 한다.

"알겠습니다. 제가 하죠."

"저도 하겠습니다."

모험가들은 경쟁심에 불타올랐다.

그들은 위험을 무릅쓰고 열심히 세 번째 지역 공략에 나섰고, 위드는 중앙 대륙과 북부 대륙을 오가는 몬스터 토벌대로 돌아왔다.

식사를 하며 숨을 돌리던 궁수들과 마법사들이 그를 발견하고 경악했다.

"벌써 오다니……."

"차라리 공부하고 싶다."

"이건 회사에서 야근을 하는 게 더 편하지."

"아이고, 허리야."

항상 위드를 중심으로 진행되는 방송을 고려하면 농땡이를 칠 수도 없다.

이틀!

그 시간이 지나자 모험가들이 미궁 공략에 성공해 냈다.

하루나 : 이곳이 미궁 조드였어요! 지금 하프 엘프 비슈르를 발견했어요. 비록 말라붙은 나무로 변해 있는 상태지만요.

위드는 유린의 그림 이동술을 통해 바로 미궁으로 돌아왔다.

1,000명이 넘는 모험가들이 투입된 미궁.

위험을 무릅쓴 신속한 탐색으로 200명이 넘는 유저들이 목숨을 잃었다.

그렇지만 그들은 명예롭게 웃으며 죽어 갔다.

–오늘은 대단한 특집이 준비되어 있다죠?

–그렇습니다. 악룡 케이베른을 막기 위해 나선 모험가들. 하프 엘프 영웅 비슈르를 찾기 위해 아베리안 숲의 미궁에서 모험가들이 놀라운 탐험을 성공시켰습니다.

–대륙 최고의 모험가들이 다 출동했다고 들었어요.

-생중계로 보내 드렸지만, 용감한 모험가들이 함정과 몬스터들을 공략하는 장면은 손에 땀을 쥐게 만들기에 충분했습니다.

-자. 그럼 미궁에 도착한 위드의 모습을 지금부터 지켜보시겠습니다.

미궁 조드의 모험은 당연하게도 대형 방송국들에서 생중계가 되고 있었다.

위드는 모험가들의 안내를 받으며 걸어가다가 벽에 새겨진 검술의 흔적을 발견했다.

"이건 뭐죠?"

"저희도 연구를 좀 해 봤지만 아직 알아내지 못했어요. 지도는 결코 아니었고, 고고학이나 문자 해석도 불가능했어요."

"흠, 날카로운 흔적들을 보면 그냥 단순하게 검을 휘두른 것 같은데."

위드는 양쪽의 벽과 바닥, 천장에도 검의 흔적들이 새겨져 있는 것을 보았다. 1~2분 정도 가만히 서서 생각을 가다듬다가 불쑥 로아의 명검에 손을 가져갔다.

스릉!

맑은 소리와 함께 미끄러지듯이 빠져나온 검.

"잠시만 휘둘러 볼게요."

"예? 예예."

모험가들은 영문을 모른 채 서둘러 뒤로 물러섰다.

"대략 이쯤인가?"

위드는 검의 궤적이 시작된 곳을 따라 맞춰서 휘두르기 시작했다.

벽과 천장, 바닥에 이르기까지 흔적들만을 보고 완전한 검술을 표현해야 하는 고난이도의 작업.

공간과 검에 대한 이해가 탁월하지 않다면 불가능한 일이었다.

쉬익, 쉬이익!

위드의 검은 춤처럼 부드럽고 아름다운 궤적을 따라서 흘렀다.

당연히 검술에 뒤따르는 자세는 하나도 알지 못했지만, 검의 흐름에 저절로 몸이 맞춰졌다.

띠링!

-하프 엘프 비슈르의 검술을 터득하셨습니다.

검술의 비기 재생의 검을 배웠습니다.
자연을 보고 탄생된 이 검술은 방어와 회복 능력에 탁월한 장점을 가지고 있습니다.

검술을 시전하는 동안 생명력의 최대치가 250%로 증가합니다.
자연의 힘이 깃든 장소에서는 신체의 회복 능력이 향상됩니다.
주변 식물들의 영향에 따라 방어력이 증가합니다.
스킬 레벨이 오를 때마다 자신과 동료들의 생명력이 20%씩 더 빠르게 회복됩니다. 최대 800%.
엘프들에게는 모든 효과가 2배로 적용됩니다.

—검술에 대한 이해가 대폭 늘어났습니다.
검술 스킬의 숙련도가 30% 향상됩니다.

뜻밖에 얻게 된 검술의 비기였다.

'보스 몬스터 앞에서 버티기가 훨씬 쉬워지겠군. 불리하면 재생의 검을 펼치면서 회복하며 시간을 끌 수 있겠어. 물론 내 방식은 아니긴 하지만.'

위드는 그럼에도 쓰임새는 많다고 생각했다.

정말 몬스터들의 대규모 무리 한복판에 떨어지더라도 재생의 검을 펼치며 버티면 된다.

적들의 시체를 잔뜩 모았다가 터트려 버리거나, 언데드를 소환한다면!

'야비한 계획을 세우기에 상당히 훌륭한 검술이야.'

위드는 더없이 만족스러웠다.

"괴, 굉장히 아름다운 검술이었습니다."

모험가 체이스가 놀라서 말했다.

가까이 있던 모험가들은 방금 자신이 본 것이 뭔지 믿기지 않는 눈빛으로 입을 떠억 벌리고 있었다.

위드는 별거 아닌 것처럼 대답했다.

"재생의 검입니다."

"재생의 검요? 스킬인가요?"

"예. 검술의 비기가 여기에 있었군요."

위드가 내뱉은 말이 고스란히 방송으로 중계되면서 태풍과 같은 거대한 파급력을 몰고 왔다.

-검술의 비기다. 초대박!

-좌표는 저기다. 당장 배우러 갑니다.

-와… 검술의 비기를 발견하고 바로 익혀 버렸어.

-총 5분 걸렸나?

-보다. 관찰하다. 습득하다.

-오졌다. 저것이 위드의 클래스!

그렇지만 이어지는 방송 화면은 시청자들을 슬프게 만들었다.

미궁 조드에는 베르사 대륙에서 한가락 한다는 모험가들이 잔뜩 모여 있었다.

레벨도 기본으로 300은 넘고, 400대가 주축이 되었다. 간혹 500대의 모험가들도 섞여 있었다.

그런 모험가들이, 검술의 비기라는 말에 눈이 튀어나와서 따라 해 보려고 했다.

"그러니까 이게……."

"어어, 왜 이렇게 안 되지?"

모험가들은 어색하게 검을 휘두르며 뒤뚱거렸다.

위드처럼 벽에 새겨진 흔적들을 보고 검술을 따라 한다는 건 불가능에 가까울 정도로 어렵다.

한순간만 집중이 헝클어져도 검이 나아가야 할 길을 잃어버리기 일쑤고, 하체와 허리, 어깨, 변화하는 몸의 중심을 맞추기도 보통 어려운 것이 아니다.

"이걸 눈으로 보고 한 번에 해내다니 괴물이네."

"말도 안 돼. 완전 재능충이야."

"저러니까 바드레이까지 이겼지."

모험가들은 위드를 향해 일제히 부러움의 시선을 보낼 수밖에 없었다.

"어서 가도록 하죠."

위드는 미련 없이 발걸음을 옮겼는데, 별거 아닌 듯한 그 태도마저 방송에서 실시간으로 화제가 되었다.

-위드 님에게 재생의 검 정도야 뭐…….

-저분이 바로 전쟁의 신이십니다. 잊으면 안 돼요. 메모합시다.

-이미 언데드들 막 소환하면 끝판왕 아님? 현실적으로 최강의 전투력 같은데…….

-레벨이 오를수록 성기사가 네크로맨서 이깁니다. 상성으로 절대적으로 그래요. 흑마법이나 언데드의 힘이 강할수록 성기사들은 더 큰 신성력을 이끌어 내거든요.

-솔직히 성기사들은 위드 퇴치 의뢰가 나올지도 모른다고 기대하고 있었음.

성기사들은 사악한 힘을 물리치면서 신의 축복을 받고, 스텟도 오른다.

신성력에 의한 효과가 매우 커서, 두 등급 이상의 언데드도 어렵지 않게 잡아냈다.

-그래서 위드를 이길 수 있다고 장담할 수 있는 성기사가 누구?

-그게 함정이네?

-없죠…….

-어떤 성기사가 위드에게 돌격함? 와… 진심으로 용기만큼은 인정해 줘야 할 듯.

-스켈레톤의 대군을 뚫으니 좀비가… 그 뒤에는 듀라한, 비명을 지르는 유령들, 데스 나이트, 둠 나이트, 본 드래곤까지 있음.

-그걸 다 극복한 이후의 최종 보스가 위드임.

-쟌이 인터뷰도 했잖아요. 우린 네크로맨서지만, 그는 위드다. 그리고 그는 지금 이 순간에도 강해지고 있다.

-케이베른이 나타난 후부터 쉬지도 않고 사냥하잖아요. 적당한 수준에서 만족하지 않음. 나중에는 진심 전설적인 언데드까지도 다 소환할 수 있을 듯.

-지금은 전사라는 게 함정. 네크로맨서로 쭉 가지 않은 것이 대륙의 행운이다.

위드는 계속 걸어가면서 주위를 둘러봤지만 검의 흔적 같은 건 더 이상 발견되지 않았다.

'흠, 좀 아쉽긴 하군.'

공략하기 어려운 미궁에는 보물이나 비밀이 숨겨져 있는 경우가 꽤 많았다.

검술의 비기라는 대박이 나왔으니 다른 물품은 없는 모양이었다.

"여기예요."

모험가들이 안내한 미궁의 끝에는 인간과 엘프가 반씩 섞인 하프 엘프 비슈르가 딱딱하고 메마른 나무로 변해 있었다.

"사제의 치료 마법으로도 깨어나지 않았어요. 어떤 다른 보물이나 단서가 필요할지 고민하고 있어요."

하루나의 설명이 있었지만, 위드는 머릿속에 짚이는 구석이 있었다.

'간단하네. 미궁에 들어와서 익힌 재생의 검이 열쇠겠지.'

조금만 생각해 봐도 나오는 쉬운 해결책을 놔두고 굳이 다른 것부터 시험해 볼 필요는 없었다.

"어떻게 해야 할지 알 것 같군요."

위드는 검을 뽑아서 휘두르기 시작했다.

아까의 벽에 흔적이 새겨져 있던 검술을 그대로 재현한다.

검의 길을 기억하는 건 쉬운 게 아니지만, 조금 전에 이미 휘둘러 봤다.

음악가들이 악보를 기억하듯이, 검의 흐름을 그대로 기억해 낸다.

바람을 가르는 부드러운 검술.

고작 한 번 해 봤음에도 불구하고 동작이 더 자연스러워졌고, 힘과 속도가 조화를 이루었다.

몬스터와의 전투만이 아니라, 검의 움직임 그 자체에 대해 꾸준히 단련을 해 왔기에 이룩할 수 있는 경지.

띠링!

–재생의 검을 재현하고 있습니다.

–재생의 검 스킬이 초급 2레벨이 되었습니다.
검술의 공격력이 향상됩니다.
자신과 동료들의 생명력이 20% 더 빠르게 치유됩니다.
매우 빠른 속도로 스킬의 숙련도가 증가하고 있습니다.

–통찰력이 5 증가합니다.

재생의 검은 스킬이면서 동시에 검술이었다.

일정한 움직임에 따라서 펼쳐 내야 하는 검술을 재현하면서 스킬 레벨이 오른다.

위드는 나무처럼 변해 있던 비슈르에게 조금씩 생기가 도는 것을 확인하고는 검술을 계속 펼쳤다.

두 번째, 세 번째 검술을 연달아 펼치면서 검의 길은 더욱 아름다워졌다.

띠링!

—재생의 검 스킬이 초급 3레벨이 되었습니다.

—재생의 검 스킬이 초급 4레벨이 되었습니다.

초급이라 그렇게 큰 의미가 있는 수준은 아니지만, 그래도 스킬 레벨이 금방금방 오른다.

하프 엘프 비슈르가 생명력을 회복하고는 천천히 눈을 떴다.

The Legendary Moonlight Sculptor

드워프들의 계획

"내 검술이로군요."

위드는 검을 휘두르는 걸 멈추고 하프 엘프에게 가까이 다가갔다.

"맞습니다."

"당신이 나를 찾아왔나요?"

"케이베른과 싸우기 위해서 이곳까지 오게 되었습니다."

미궁의 탐험을 이끌어 왔던 모험가들은 멀찌감치 물러나서 조용히 둘의 대화를 듣고 있었다.

비슈르가 호리호리한 몸을 일으켰다.

"케이베른은 정말로 지독한 드래곤이에요."

"알고 있습니다."

"인간이 드래곤과 싸우기를 결심했던데, 그가 무슨 사건을 일으켰나요?"

"맞습니다."

위드는 도시를 파괴하고 몬스터들의 침략을 일으킨 케이베른에 대해 설명했다.

물론 중간에 케이베른을 비난하는 것도 잊지 않았다.

"그 시커먼 드래곤을 해치우지 않는 이상 대륙의 평화를 되찾긴 힘들 것입니다."

"그렇군요. 그보다도 케이베른이 공격하는 이유가, 드래곤의 알 때문이라고요?"

"맞습니다."

"아마 진짜 드래곤의 알이 아닐 거예요."

"네?"

비슈르가 들려주는 이야기는 그야말로 충격이었다.

악룡 케이베른은 오래전부터 엘프들을 눈엣가시로 여겼다.

실컷 괴롭히면 원하는 대로 삥을 뜯을 수 있는 드워프들과 달리, 엘프들은 자존심이 강한 고고한 종족이었다.

세계수와 그린 드래곤의 보호를 받기 때문에 함부로 건드리지도 못했다.

그러자 악룡 케이베른은 꾀를 내어서 엘프를 괴롭힐 만한 명분을 만들었다.

드래곤의 알!

마법으로 만들어 낸 가짜 드래곤의 알을 엘프의 숲으로 들여보냈고, 그것이 깨어지자 핑계를 대고 습격을 해 왔다.

"악룡 케이베른은 숲을 불태우고 엘프들을 죽였어요. 엘프의 기원이 되는 세계수마저도 타 버렸지요. 엘프들은 그날 이후로 숲을 잃어버리고 말았어요."

"그런 일이 있었군요."

위드에게도 깜짝 놀랄 만한 일이었다.

악룡 케이베른이 저지른 짓은 영락없이 깡패들이나 하는 일이 아닌가.

'그래서 악룡이라는 별명이 붙었던 건가? 드래곤의 알이 가짜였다면, 이 퀘스트도 헤르메스 길드 탓이 아니더라도 언젠가는 벌어졌었겠네.'

가짜 드래곤의 알이 정상적으로 부화가 될 리 없다.

어느 정도 세월이 지난 후에 어떤 식으로든 알이 파괴되면 케이베른은 인간들을 공격했을 것이다.

헤르메스 길드에서 엿이나 먹으라고 먼저 부숴 버렸기 때문에 기간이 단축된 것에 불과했다.

'드래곤의 습격이 예정된 위협이었다니… 그래도 나중에 상대한다면 훨씬 편하기는 했겠지.'

하프 엘프 비슈르 완료

마침내 미궁 조드에서 하프 엘프 비슈르를 찾아냈다.

오랜 시간 동안 살아오다가 생명력이 다해서 식물로 변한 그녀를 재생의 검으로 다시 깨우는 데 성공.
블랙 드래곤 케이베른의 음모는 엘프들에게도 벌어졌으며, 이번에는 인간들의 차례라는 진실을 알게 되었다.
그럼에도 포기하기에는 이르다.
하프 엘프 비슈르가 살아난 것처럼, 희망의 불꽃은 아직 꺼지지 않았다.

—레벨이 올랐습니다.

—지혜가 2 증가했습니다.

—모험의 결과로 전 스텟이 3씩 늘어납니다.

퀘스트가 완료되면서 경험치와 모험 성과를 얻었다.

많은 유저들의 도움이 있었기에 간단하게 해결하긴 했지만, 그 과정을 살펴보면 결코 쉬운 퀘스트는 아니었다.

비슈르는 물의 정령을 소환하여 자신의 몸을 치유하더니 말했다.

"케이베른을 상대로 싸울 동료를 구하고 있었어요. 당신도 원한이 있다면 저와 같이 싸우는 것은 어떤가요?"

위드는 바로 고개를 끄덕였다.

"당연히 함께하겠습니다."

하프 엘프 비슈르가 동료가 되어 준다면 이쪽에서는 대환영이었다.

'헤스티거처럼 알뜰하게 부려 먹어야지.'

엘프들은 궁술, 정령술을 타고났으며 몸도 빨라서 활용 가치가 높다.

하프 엘프는 보통 순수한 엘프보다는 재능이 떨어진다고 하지만, 대신에 검술이나 맷집이 탁월했다.

"좋아요. 저는 200년이 넘는 기간 동안 케이베른을 없애기 위한 방법을 연구했어요."

"200년이나요?"

"케이베른이 본격적으로 활동한다면 엘프들을 괴롭힐 것을 알고 있었어요. 여러 방법을 고려해 봤지만 드래곤을 상대하기에는 역부족이었죠. 그래서 찾아낸 최후의 방법이 희생의 화로예요."

"희생의 화로?"

"드워프들이 가진 전설의 물건이에요. 드워프들은 불의 희생과 새로운 탄생을 따르는 종족이지요. 그 화로에 자기 자신을 바치면 드래곤을 상대할 힘을 얻는다는 이야기가 있어요. 이 화로를 저와 함께 찾으시겠어요?"

띠링!

드워프들의 고귀한 보물

드워프들은 평생을 불길과 함께 살아간다.
작은 키를 가진 그들의 역사에서 피워 낸 불길은 수없이 많지만, 3개의 신비로운 화로만큼은 꽁꽁 숨겨 두고 다른 이들에게 보여 주지 않았다.

부그타 화산의 화로.
희생의 화로.
탄생의 화로.

그러나 희생의 화로에는 중대한 비밀이 있다.
"드워프가 약하다고? 우린 화로에서 모든 걸 만들어 내지. 불길 속에서 나무를 불태우듯이 우리 생명을 태우면 기적을 만들어 낼 수 있어. 마법? 마법 따윈 화로의 힘에 비하면 아무것도 아니야."
희생의 화로는 500년 동안이나 세상에 나오지 않은 보물이다.
드워프들의 보물을 찾아오면 드래곤을 상대할 힘을 얻을 수 있을지도 모른다.
희생의 화로에 대해서는 드워프의 장로들 중 누군가가 알고 있을 것이다.

난이도 : S
퀘스트 제한 : 대륙을 구하는 영웅.
가장 높은 모험 명성.

―어떤 상황에서도 거부할 수 없는 퀘스트입니다.

―퀘스트가 수락되었습니다.

'흠, 희생의 화로라…….'

일찍이 들어 본 적은 없지만 드워프의 보물이라니 상당한 기대가 되었다.

'드래곤을 상대할 수 있는 힘을 얻는다면 대박이긴 한데…….'

문제는 하필이면 이름이 희생의 화로라는 것이었다.

위드가 세상에서 가장 듣기 싫어하는 단어가 희생이었다.

“자신의 생명을 태운다고요?”

“자세하게는 저도 몰라요. 하지만 드워프들의 보물이니 흑마법 같은 종류는 아닐 거예요.”

“으흠, 느낌이 영 좋지 않은데.”

드워프는 흑마법이나 사악한 수법을 혐오하고, 심지어는 거짓말도 잘 하지 않는 편이다.

드워프와의 약속을 지키지 않은 유저들은 평판이 떨어져서 마을에서 활동하기가 어려울 정도.

‘난이도 S급의 드래곤을 상대하기 위한 연계 퀘스트다. 함정이나 위험은 당연히 있겠지. 일단 계속 알아보긴 해야 되겠군.’

오베론.

차가운장미 길드의 수장인 그는 아르펜 제국의 벤트 성 영주였다.

‘케이베른이 내 성을 파괴한다면 얼마나 기분이 안 좋을까.’

그는 조마조마한 마음으로 위드의 모험을 지켜보고 있었다.

사냥을 하는 순간들을 매번 볼 수는 없지만, 그래도 중요한 장면들은 지켜봤다.

"희생의 화로라고……?"

"대장, 우리 그때 들었던 거 아닙니까?"

"어… 맞네. 드워프의 3대 보물 화로."

차가운장미 길드에 속해 있는 드워프 워리어들도 맞장구를 쳤다.

"이거 당장 위드 님께 알려야 되겠군."

오베론은 아르펜 제국의 주요 영주들의 채팅 채널에 말했다.

오베론 : 위드 님, 희생의 화로에 대해서 제가 알고 있습니다.

불과 2~3초의 시간이 흐른 후.

로프너 : 대박입니다. 역시 오베론 님이시군요.

피아 : 오… 과연 오베론 님.

레몬 : 멋지세요. 정보가 있으니 다음 퀘스트는 훨씬 빨리 진행할 수 있겠네요.

프레임 : 정말 케이베른을 막는 데 큰 도움이 될 것 같네요.

영주들이 환호했고, 곧이어 위드도 통신 채널을 확인했다.

퀘스트를 진행하면서 비슈르와의 만남이 생중계가 될 테니 알고 있는 유저들의 제보가 있으리라고 짐작했기 때문이다.

위드 : 지금 가겠습니다. 현재 있는 장소를 설명해 주세요.

위드는 잠시 후에 유린과 함께 그림 이동술로 도착했다.
"어떤 정보죠?"
"희생의 화로가 무엇인지 알고 있습니다."
"정말 굉장한 정보로군요."
위드는 가장 찝찝했던 부분을 해결할 수 있으니 퀘스트에 막대한 도움이 되리라고 생각했다.
'시작이 좋군.'
드워프의 보물이 구체적으로 어떤 역할을 하는지 알면 퀘스트의 진행 방향에 대해 파악이 가능했다.
"네. 당시에는 그냥 넘겨 버렸는데… 희생의 화로에서는 생명을 태울 수 있다고 들었습니다."
"그 생명을 태운다는 의미가 정확히 무엇인데요?"
"말뜻 그대로이긴 합니다. 생명력, 그러니까 자기 자신의 최대 생명력과 레벨을 화로에서 태울 수 있습니다."
"…그래서요?"
"희생의 화로를 쓰면 최대 생명력이 떨어지고, 레벨도 낮아지죠. 대신 그 대가로 불길이 완전히 꺼질 때까지 강해집니다."

"어느 정도나요?"

"잃어버리는 생명력이나 레벨의 10배라고 들었습니다."

"높은 수치군요."

"하지만 위험하기도 합니다. 아니, 무조건 위험합니다."

희생의 화로에 최대 생명력 1만을 태우면 일시적으로 10만이 늘어난다.

위드의 생명력이 12만을 넘는 상태였으니 거의 2배로 증가하는 것이다.

레벨 100개를 태우면, 일시적으로 1,000개가 올라가리라.

"제한이 있겠죠?"

"그렇게 자세히는 모르겠습니다. 간단한 이야기만 들은 것이라서요."

"흐음."

위드는 팔짱을 끼고 생각에 잠겼다.

'유지 시간이 문제지만 전투력은 이만하면 어마어마하게 강해지겠군. 이 방식이라면 케이베른을 사냥하는 것도 시도해 볼 수는 있겠지만…….'

최대 생명력과 레벨을 대량으로 걸어야 하니 엄청난 모험이었다.

위드는 가뜩이나 최대 생명력이 다른 유저들에 비해 낮았으니 손해가 더 컸다.

불꽃의 성배나 여러 장비로 생명력을 높일 수야 있긴 하지

만 그래도 손해는 손해다.

'이런 희생까지 치르고도 실패한다면 커피 맛도 안 느껴지겠어.'

최근에는 좀 먹고살 만해졌다는 판단에 커피 음료를 하루에 한 캔씩 마셨다.

'지금까지 아끼고만 살았으니 커피 한 잔 정도는 괜찮잖아?'

아침 일찍 커피 음료를, 그것도 캔을 따서 마시며 만끽하는 여유로움, 삶의 포근함.

'이게 인생의 행복이지.'

한 번 목숨을 잃는 것만 해도 레벨과 스킬 숙련도에 타격이 큰데, 희생의 화로를 썼다가 실패하는 상황은 상상하기도 싫었다.

물론 드래곤을 사냥할 수만 있다면 전투 업적과 보물도 무진장 얻을 수는 있겠지만…….

그때 오베론이 등에서 도끼를 뽑으며 말했다.

"위드 님, 저도 케이베른 사냥을 돕겠습니다."

"네?"

"이럴 때를 위해서 레벨을 올렸다는 생각이 듭니다. 레벨 100개 정도는 포기해서라도 케이베른 사냥에 동참하고 싶군요."

위드는 덥석 오베론의 손을 잡았다.

"고맙습니다. 진정한 영웅이십니다."

본능적으로 그가 꺼낸 도끼도 슬며시 만져 봤는데, 명품이었다.

가까이 있는 값어치 있는 물품들은 자연스럽게 견적부터 살피게 된다.

"무슨 말씀을요. 벤트 성의 성주로서도 당연한 의무입니다. 위드 님은 아르펜 제국의 황제로서 대륙 평화를 위해 모든 짐을 짊어지고 계시지 않습니까."

"대륙의 평화를 지키는 건 저의 당연한 책임입니다."

"언제나 존경하고 있었습니다, 위드 님."

위드의 오래된 동료들만이 그의 실체를 정확히 알고 있었다.

'이 장면도 유저들이 보고 있겠지.'

시청률이야 가뿐하게 15% 정도는 나올 것이다.

아르펜 제국이 중앙 대륙을 정복하고 난 후, 유저들 사이에서 위드의 인기는 한층 더 높아지게 되었다.

오베론처럼 케이베른 사냥에 동참하겠다는 유저들이 계속 나타날 테지만, 반면에 퀘스트에서 발을 뺄 수도 없게 되었다.

'내 입장이 대륙이 파괴되거나 말거나 내버려 둘 수 있는 처지도 아니고… 후, 헤르메스 길드가 파티를 벌이면서 좋아하겠군. 사냥에 성공을 하더라도 이게 이익일까?'

그야말로 진퇴양난에 빠진 상황이었다.

희생의 화로를 얻더라도 케이베른 사냥에 모든 걸 걸어야만 했다.

토르 지역.

악룡 케이베른의 영역이 가까워서 드워프 유저들은 평소에도 불안감을 안고 살았다.

"아, 괜히 드워프를 선택해 가지고……."

"종족 자체는 은근히 귀엽고, 전투력도 강하고, 심심하면 이것저것 만들 수도 있어서 좋아. 돈 모으기도 쉽지. 근데 이렇게 맨날 드래곤의 횡포나 당하고 살 줄 알았나."

"드워프는 진짜 서러운 종족이지."

토르는 산마다 질 좋은 광물들이 나와서 대장장이 스킬이나 손재주를 키우기 좋았고, 상인들도 꾸준히 찾아온다. 사냥터도 넘쳐 날 정도로 많아서 성장하기에 편한 환경이었다.

그럼에도 드워프들은 어느 정도 레벨이 오르면 대륙 전체로 흩어지는 경향이 있었다.

모험을 한다며 떠난 드워프 유저들이 대부분 돌아오지 않는 것이 특징이기도 했다.

"이쪽이네. 장로들은 내가 모두 알고 있지."

위드는 드워프로 몸을 바꾼 채, 대장장이 헤르만과 함께 토르를 돌아다녔다.

노른 산맥, 울타 산맥, 사이고른 산맥에 흩어져 있는 드워프 마을은 대략 2,300여 개로 추정되고 있었다.

몬스터들의 활동이 심한 지역에도 드워프들의 개척 마을이나 소규모 광산 마을이 존재했고, 그중에는 유저들의 발길이 아직 닿지 않은 곳도 많았다.

'설마 그런 으슥한 마을에 희생의 화로가… 있겠지. 아마도. 퀘스트 난이도를 보면 틀림없이 까다로울 거야.'

위드는 간단히 얻을 수는 없을 거라고 생각했지만, 그래도 알려진 마을부터 조사를 해 봐야 했다.

악룡 케이베른 퇴치는 토르의 드워프 유저들도 간절히 바라는 일이라서, 그들도 적극적으로 수색에 나서 주고 있었다.

"희생의 화로라… 어디서 들은 것인지 모르지만 말해 줄 수 없네."

큰 마을의 드워프 장로들은 입을 꾹꾹 다물고 열지 않았다.

인간이나 엘프에 비해서 드워프들의 입을 열기는 그리 어렵지 않은 편.

위드는 챙겨 놨던 뇌물을 앞으로 내밀었다.

"모라타의 특산품인 흑맥주를 마셔 보시겠습니까? 진한 풍미를 느끼게 해 주는 최상품의 보리로 만들었습니다."

"크으… 죽여주는 맛이군."

"이거 판매하는 맥주인가?"

"그럼요. 워낙에 인기가 높아서 돈 주고도 사기가 힘들긴 합니다만, 특별히 세 병을 챙겨 왔습니다."

"고맙군. 실컷 마시고 오크 사냥에 나가면 끝내주겠어."

"아까 물어봤던 희생의 화로는……."

"음냐, 사실은 그런 이름을 나도 어릴 때 들어 본 적은 있어. 하지만 직접 본 드워프는 없으니 헛소문일지도 몰라."

헤르만을 통해 만난 드워프 장로들은 희생의 화로에 대해 확실히 말해 주지 못했다.

"희생의 화로가 있긴 했지. 아주 오래전에… 근데 어느 순간 사라졌다는 이야기를 들었는데."

"크허, 정말 맛있는 맥주군. 적어도 우리 마을에는 없네. 이 맥주를 걸고 맹세할 수도 있어."

"악룡 케이베른을 죽이기 위한 모험을 한다고? 크하하하! 그건 내가 처음 맥주를 마신 두 살 이후 들어 본 가장 재미있는 농담이군!"

드워프들은 거짓말을 잘 하지 않기 때문에 그들의 말은 신뢰할 수 있었다.

헤르만도 난처한 듯이 물었다.

"내가 아는 장로들은 다 소개해 주었네. 그런데도 정보를 얻지 못했는데, 이제 어떻게 할 것인가?"

"글쎄요. 당장은 손을 쓰기 어렵지만 곧 방법이 생기리라고 봅니다. 그때까진 기다려야 되겠지요."

위드는 모든 유저들에게 정보를 요청한다는 글을 올렸다.

100만 골드의 상금에 영주 자리도 하나 걸었는데, 실은 산악 지역의 영주 자리를 떠넘기기 위한 속셈이 컸다.

비밀을 아는 드워프 장로를 찾는다면 적어도 뛰어난 실력자일 테니까.

그런 실력자들을 적재적소에 배치하는 것이 아르펜 제국의 발전을 위해 유리하다.

"드워프 영주는 생산력을 올려 주니 더욱 좋겠지."

대지의그림자 파티도 퀘스트를 해결하고 있었다.

케이베른의 나쁜 취향
오래된 나무의 기억
음습한 바위 아래
깨져야 하는 알

"와, 이게 전부 케이베른의 음모였다니……."

"황당하네."

은링, 벤, 엘릭스는 구덩이에서 100개가 넘는 드래곤의 알을 발견하고 말았다.

케이베른의 알이 가짜라는 명백한 증거였다.

위대한 마법사를 찾아

그다음에 뜬 퀘스트는, 인류 역사상 가장 뛰어났다는 마법사를 따라가는 것.

"얼음 계열이라……."

벤이 눈을 반짝였다.

그는 모험 중에서도 마법과 관련된 유형을 가장 좋아했다. 모험가가 되지 않았다면 필시 마법사가 되었으리라.

벤이 두 사람에게 이야기했다.

"난 평범한 곳에서 살아가진 않으리라고 생각해. 10대 금역 중의 하나이거나, 남쪽 끝, 혹은 북쪽 끝."

"단서를 모아 봐야겠지만 남쪽을 찍겠어. 우리 예전에 '사막을 지나서 끝없이 걷다 보면 대지의 끝에 도달할 수 있다'는 얘기 들었던 거 기억나?"

"기억나요. 바다가 나오고, 그 너머에는 얼음으로 된 대륙이 있다고 했죠."

엘릭스의 말에 은링이 배낭에서 지도를 꺼냈다.

남쪽 대륙.

북쪽에 지골라스가 있다면 남쪽에는 얼음으로 이루어진

미지의 대륙이 있다는 정보를 입수한 적이 있었다.

"언젠가 우리가 가려고 했던 장소이기도 하죠. 정보를 조금만 모아 보고 출발해요."

"동의해."

대지의그림자 파티는 많은 모험 경험과 스킬을 보유하고 있었다.

몇 개의 큰 퀘스트 때문에 그동안 헤매기는 했지만, 그사이에도 해결한 의뢰들이 많았다.

특히 한 번이라도 가 본 장소는 대단히 먼 거리도 모험 경로를 달려서 하루면 도착했다.

대지의그림자에서는 퀘스트에 대해 정보를 모으던 도중에 위드가 드래곤의 알이 가짜라는 사실을 파악한 걸 알게 되었다.

"역시 위드네."

"케이베른도 방심할 수 없겠어."

"우리도 빨리 움직여요."

2주의 시간이 흘렀다.

수많은 드워프들이 정보를 찾아다녔지만 꼭꼭 숨겨진 것처럼 드러나지 않았다.

“도대체 희생의 화로는 어디에 있는 거야?”
“몰라. 이미 사라진 거 아닐까?”
“퀘스트라는 게 진짜 어려운 거구나. 모험가가 되어서 대륙을 돌아다니는 게 무진장 힘든 일이네.”
“헤르메스 길드에서 부숴 버린 거라면…….”
“설마. 하긴, 그럴 가능성도 없진 않겠다.”
아무리 찾아도 나타나지 않으니 헤르메스 길드가 의심의 대상이 되기도 했다.
2주가 지나는 사이에 케이베른에게 브리튼 연합 지역의 자유도시들이 부서졌고, 하벤 지역의 욱튼 성이 다음 목표가 되었다.
“이번 주는 한숨 돌릴 수 있겠군.”
위드는 미궁 조드를 완벽히 탐험하기도 했지만, 남들이 놀랄 정도의 강행군을 펼치며 전투를 했다.
어디든 넘쳐 나는 몬스터!
케이베른을 사냥하기 위해 모인 전투단이 있었지만 전사로 전직하고 나서는 주로 혼자 다녔다.
와삼이의 등에서 몬스터들의 무리 한복판으로 떨어졌다.
악마의 부하로 알려진 쿠랄.
각 마을과 도시를 침공하는 강력한 몬스터들이 우글거리는 곳에서 내렸다.
“어디 칼춤 한번 춰 볼까?”

위드는 조각 파괴술로 모든 예술 스텟을 힘으로 몰아넣었다.

―그웩!

―저자다. 저자가 인간들의 우두머리다.

―죽여라. 케이베른 님을 위해!

그야말로 벌 떼처럼 온 사방에서 몰려드는 몬스터들.

쿠랄은 4미터의 키에, 도끼를 들고 다니는 악마의 부하였다.

대형 마수 타볼라 곤을 탄 쿠랄이 다른 몬스터들을 짓밟으며 쳐들어왔고, 크고 작은 녀석들이 뒤를 따른다.

설상가상으로 그 뒤에는 개구리와 인간을 섞어 놓은 것 같은 포이즌 프로그맨들이 있었다.

케이베른이 일으킨 몬스터들이 군대라는 이름으로 불리는 까닭도 조합 때문이었다.

지휘관 격인 쿠랄, 대형 마수 타볼라 곤을 타고 기사단의 역할을 한다.

보병들로 활약할 만한 몬스터들은 많고도 많았고, 후방은 포이즌 프로그맨들이 빼곡하게 메우고 있다.

그들이 침을 모아서 앞으로 내뱉자 화살처럼 먼 거리를 날아갔다. 당연히 지독한 독성도 지녔다.

―엄청납니다! 위드가 적진의 한복판에 혼자 떨어졌습니다.

—전쟁의 신 위드! 자신의 오랜 별명처럼 전쟁이라도 벌일 듯한 모습입니다.

—몬스터들이 자기들끼리 부딪치고 밟히며 죽고 있습니다. 위드가 가는 길은 아수라장이라는 말이 어울립니다.

위드의 모습을 중계하면서 방송국 진행자들은 피를 토하듯이 소리쳤다.

—미쳤습니다! 이게 전투예요! 이게 진짜 전투란 말입니다!

—로열 로드에서 수많은 전사들이 싸웁니다. 어떤 이들은 용감하게 돌격하기도 합니다만… 이런 장면은 뭡니까!

—높은 화면에서 좀 보여 주세요. 피첸 평원의 모든 몬스터들이 하나의 점, 위드를 향해 덤벼들고 있습니다!

마을과 도시도 너끈히 부술 수 있는 몬스터의 전력.

위드는 퀘스트를 하다 보면 때때로 무모한 짓을 저질렀다.

'육상 돌격형 몬스터들이 주력이다. 많긴 해도 동시에 싸우는 적은 막상 얼마 안 돼. 해볼 만할 것 같은데?'

그래도 와삼이의 등에서 땅으로 떨어졌더니, 모든 몬스터들이 덤벼드는 것이다.

상상했던 장면이긴 하지만 막상 닥치고 나니 그 위압감이 끔찍할 정도였다.

"재생의 검!"

위드는 재생의 검을 펼쳤다.

방어력을 높여 주고, 여기에 회복 능력까지 상승시켜 주는 사기적인 검술.

몬스터들을 쳐 내고 베면서 버틴다.

-타볼라 곤의 뿔에 받히셨습니다.
생명력이 1,420 감소했습니다.

하늘 지배자의 갑옷에, 각종 방어구들의 효과!

"용암의 강!"

위드는 신성한 불을 로아의 명검에 씌운 후, 용암을 일으켜서 몬스터들의 접근을 막았다.

한 방면의 적들만 상대하면 된다고 생각했지만 용암을 뚫고 몬스터들이 돌진해 왔다.

-죽어라!

-쿠쾌에에엣!

-갈기갈기 찢어 주마!

한쪽은 성난 몬스터들.

반대쪽은 용암의 강을 뚫고 불덩어리가 되어서 덤벼드는 몬스터들.

그 너머에서는 시커먼 침이 비처럼 쏟아지고 있었다.

사실 어중간한 중독 현상은 네크로맨서 스킬로 회복할 수 있지만, 꾸준히 스킬을 써야 했고 생명력도 손실된다.

위드의 입가에 미소가 그려졌다.

"그래, 재밌네. 이래야 시시하지 않지."

몬스터들에게 수시로 피해를 입는 만큼 재생의 검을 계속 휘둘렀다.

로아의 명검이 빛살처럼 적을 베었다.

-바탈리가 그대를 보며 기뻐하고 있습니다.

"싸워라, 전사여. 너의 강함을 즐겨라!"

바탈리의 축복이 부여됩니다.

공격 스킬의 마나 소모가 30% 감소하고, 위력은 25% 강해집니다.
모든 상태 이상이 회복됩니다.
적을 죽였을 때 얻는 경험치가 증가합니다.

-쿠구구구!

공중에서도 마물로 변형된 괴조들이 내려오며 부리로 쪼았다.

숨 한번 크게 들이쉴 여유도 없이 펼쳐지는 처절한 전투.

그냥 잘 싸우는 수준이 아니라, 가진 능력을 200% 발휘한 전투였다.

적이 불에 타고, 포이즌 프로그맨들이 쏟아 낸 독침은 연기로 변해서 안개처럼 주위를 덮었다.

위드가 그야말로 사선을 넘으면서 10분을 버텨 냈을 때였다.

띠링!

—전투 업적! 홀로 싸우는 전사를 완료하셨습니다.
검술의 공격력이 3% 강해집니다.
다수의 적을 상대로 싸울 때 체력과 생명력의 회복 속도가 빨라집니다.

위험한 전투가 때론 기가 막힌 전투 업적이라는 결과로 나타난다.

위드의 주변은 몬스터 사체로 즐비했다.

전투 끝에 위드에게 죽은 녀석들보다, 돌격하느라 자기들끼리 밟고 밟혀서 사체가 된 경우가 훨씬 많았다.

그 너머, 수없이 많은 몬스터들이 끝도 없이 덤벼들고 있다.

위드에게서 가까운 곳은 사체와 몬스터로 뒤엉켜서 발 디딜 틈도 없을 정도였다.

"좋아. 시체 폭발!"

콰과광!

—경험치를 획득하였습니다.

—경험치를 획득하였습니다.

-경험치를 획득하였습니다.

…….

-레벨이 올랐습니다.

대지가 흔들릴 정도의 시체 폭발.

언데드 스킬로 사체를 날려 버리며 대량 학살을 일으켰다.

적어도 1,000마리가 넘는 몬스터들이 일제히 죽음을 맞이했다.

"너희가 살아서 움직이던 땅으로 돌아오라. 이곳은 어두운 곳. 검고 부패한 땅. 영영 사라지지 않을 암흑의 율법을, 모든 이들에게 새길 수 있도록 하라. 언데드 라이즈!"

데스 나이트, 듀라한의 대량 소환!

"콜 데스 나이트 반 호크. 콜 뱀파이어 토리도!"

위드는 반 호크와 토리도까지 소환하며 전투를 이어 나갔다.

-추잡한 네크로맨서였구나!

-어리석은 놈. 우릴 막진 못한다!

타볼라 곤에 의해 언데드들이 가차 없이 짓밟혔다.

언데드들은 대형 생명체들에게 취약했다. 방어력이 부족했기에 허약한 뼈마디로는 버티지 못했다.

위드가 바르칸의 풀세트가 아닌 하늘 지배자의 갑옷과 전사의 장비를 착용하고 있기에 이번에 소환된 언데드들은 더욱 약했다.

"실컷 싸워라, 이 무능한 녀석들아."

위드는 몸에 붕대를 감고 전투를 계속했다.

언데드들이 공격을 분산시켜 주는 동안 한숨 돌릴 수 있는 잠깐의 여유가 생겼다.

그리고 넉넉하게 마나가 회복되었을 때였다.

"종말의 날!"

태양의 전사, 궁극의 스킬!

모든 마나를 태워서 발생시킨 화염의 해일이 사방으로 밀려 나갔다.

신성한 불과 불꽃의 성배에 의해 위력이 향상되어서, 가까이 있던 언데드들을 소멸시키고 몬스터들까지 잡아먹으면서 끊임없이 번져 나갔다.

"와삼아!"

"가고 있다, 주인!"

위드는 지상으로 낮게 날아오는 와삼이의 등에 올라타 하늘로 날아올랐다.

생명력과 체력, 마나를 싹 쓴 후에 미련 없이 떠나는 것이었다.

-도망치지 마라!

-비겁한 놈! 돌아와라!

지상에서는 쿠랄이 아우성을 치고 있었다.

강력한 몬스터 군단이었지만 절반 정도로 전략이 약화되었으니, 공성전에서 막아 내기는 훨씬 쉬워지리라.

케이베른 외에도 아르펜 제국의 도시 7개, 마을 31개가 몬스터들에 의해 파괴되었다.

위드가 그렇게 노력했지만 갑작스러운 몬스터들의 침략을 제대로 막지 못하는 경우가 많았다.

충분히 막을 수 있는 병력을 가지고도 제대로 싸우지 못해서 무너지는 경우도 생겼고.

옛 명문 길드들은 사정이 나았지만, 아르펜 제국의 대다수 영주들은 규모가 큰 전투 경험이 거의 없다.

그렇기에 아르펜 제국의 타격도 어쩔 수 없는 노릇이었다.

3주의 기다림 끝에 마침내 믿을 만한 제보가 들어왔다.

샤이샤 : 지금 데브라도 마을에 와 있습니다. 이 마을은 지도에도 표시되어 있지 않고 케이베른의 영역에서 상당히 가까운 곳인데요, 희생의 화로에 대해 알고 있는 드워프를 찾아냈습니다.

울타 산맥 깊은 곳에 있는 드워프 마을.

이곳의 드워프들은 정련된 철로 고급 무기를 생산해 냈으나, 그동안은 존재 자체가 감춰져 있었다.

하지만 케이베른의 퀘스트 때문에 모험가들이 토르 지역을 이 잡듯이 뒤졌다.

케이베른의 영역 근처도 수색 대상이 되었는데, 매우 강력한 몬스터들이 많이 돌아다녔기에 드워프들이 목숨을 걸고 나섰다.

드워프들은 레어와 가까운 곳이 아니라면 자유롭게 드나들 수 있었으나, 케이베른의 부하들을 만날 때마다 돈이나 보석을 바쳐야 했다.

위드의 모험을 돕는다는 열정만으로 수없이 많은 드워프들이 토르에서 활동한 덕분에 결실을 맺은 것이다.

위드 : 지금 바로 가겠습니다.

위드는 유린의 그림 이동술로 안전한 지역으로 간 이후에 드워프의 조각품을 깎았다.

"조각 변신술!"

수염을 곱게 기르고 배도 볼록하게 튀어나온 드워프로 몸을 바꿨다. 도끼도 쓸 만한 것으로 하나 들었다.

드래곤의 영역 부근은 텔레포트와 같은 공간 이동이 막혀 있었다.

위드는 드워프의 모습을 한 채로 울타 산맥을 내달려서 데브라도 마을에 도착했다.

"이쪽이에요. 위드 님이 맞으시죠!"

입구에서 기다리던 샤이샤가 반갑게 맞이했다.

"예, 제가 위드입니다."

"위드 님을 만나 뵙게 되어 영광입니다. 바쁘실 텐데 일을 먼저 보셔야죠. 마을 장로님은 대장간에 계세요."

"퀘스트에 도움을 주셔서 고맙습니다."

"별말씀을요. 저는 토르에 사는 드워프이긴 하지만 아르펜의 주민이라고 생각하고 있어서요."

샤이샤는 얼굴이 붉게 달아올라 있었다.

숱한 업적을 세운 위드를 가까이서 만나니 저절로 긴장이 되었다.

위드는 평범한 외모를 가지고 있었고 지금은 드워프로 변신한 상태이기까지 했지만, 어딘가 남다른 외모처럼 느껴졌다.

팔다리는 짧지만 굵고 코는 유난히 붉었는데, 영락없이 술 잘 먹고 일 잘하는 드워프의 상!

마을 장로도 훌륭한 대장장이라서 팔뚝의 근육이 우락부락한 드워프였다.

"샤이샤. 그리고 저쪽은 못 보던 얼굴이군. 젊은 드워프여, 이 마을에는 왜 왔는가?"

"장로님을 뵙게 되어 영광입니다. 희생의 화로에 대해서 듣고 싶어서 왔습니다."

위드는 드워프식으로 슬쩍 고개를 숙여 인사했다.

황제라는 지위는 드워프들에게 잘 통하지도 않았고, 지금은 조각 변신술까지 쓰고 있는 상황이었다.

마을 장로는 탁자에 있던 맥주잔을 손으로 잡아서 기울였다.

"희생의 화로라… 정말 오래전에나 가지고 있던 우리의 보물이었지. 이젠 아무도 찾는 드워프가 없을 것으로 생각했는데."

"무슨 이유라도 있을까요?"

"그건… 말해 주기가 곤란해."

"반드시 알아야 하는 중요한 일입니다. 희생의 화로가 이 마을에 있나요?"

"크허험, 맥주가 쓰군."

데브라도 마을의 장로는 다른 곳으로 고개를 돌렸다.

딴청을 부리고 있는 상황.

"여기 모라타산 맥주를 좀 드셔 보시죠."

"무슨 맥주인가? 거품이 기가 막히는군!"

위드에게는 입이 무거운 드워프들을 무장해제 시키는 방법이 있었다.

"한 잔 더 드시죠. 쭈욱."

"크하아!"

드워프들은 여간해서는 술에 취하지 않지만 모라타산 맥주에는 함정이 있었다.

'맥주 7, 위스키 3. 이것이 황금의 혼합비다.'

드워프들에게 먹이는 폭탄주!

위드는 마스터에 달한 손재주로 제대로 술을 말아 주었다. 그러자 말하기 곤란하다던 비밀도 순순히 흘러나왔다.

"희생의 화로는… 딸꾹. 솔직히 말하자면 잃어버렸어."

"드워프 종족의 보물을 잃어버렸다고요?"

"크으… 우리 보물이란 게 다 그렇지만 드래곤의 눈에 띄는 순간 뺏기는 거지."

"드래곤에게 뺏겼다면, 혹시 케이베른입니까?"

"맞네, 맞아. 그 탐욕스러운 드래곤이 우리의 화로를 가져가 버렸지."

"……."

위드는 막막함을 느꼈다.

케이베른을 잡는 데 필요한 보물을 이미 케이베른에게 빼앗겨 버린 후라니!

막상 말을 뱉고 나니 드워프 장로는 화를 참지 못하는 기색이었다.

"케이베른이 우리의 보물을 가져가서 도대체 뭘 했는지 아는가?"

"뭘 했는데요?"

"난로로 썼다고 해! 그것도 다른 보물들처럼 몇 번 써 보고 구석에 처박아 두고 잊어버렸단 말이지!"

"역시 그렇군요."

위드는 내심 케이베른이 희생의 화로에 고구마를 구워 먹었다고 해도 전혀 놀랍지 않을 것 같았다.

드래곤이란 그렇게 일반적인 상식이 통하는 존재는 아니니까.

"그렇다면 화로는 현재 케이베른의 레어에 있겠군요."

"여기서 그리 멀진 않지만, 우리 드워프들의 손에 닿을 수 없는 곳으로 가 버린 게지."

드워프 장로의 목소리가 아련해지면서 위드는 무언가 느낌이 왔다.

'이렇게 끝나는 게 아냐. 틀림없이 퀘스트로 이어진다.'

숱한 경험으로 쌓인 본능적인 감각.

드워프 장로가 맥주잔을 내려놓더니 무거운 목소리로 말했다.

"희생의 화로를 되찾아온다면 그는 우리 드워프의 영웅이라고 할 수 있어. 그 누구도 해내지 못한 일을 해내는 것이네."

"하지만 케이베른을 이길 수가 없습니다. 그 주변에 호위병들도 많습니다."

위드는 조각사로서 퀘스트를 위해 드래곤에게 보석 조각품을 바친 적이 있다. 그러면서 케이베른의 레어 입구까지가 봤다.

가파르고 험한 지형은 둘째였고, 강력한 몬스터들의 천국이었다.

'몬스터들을 물리치는 것도 쉬운 일이 아니지만 용아병들이 너무 많았어. 마법 함정도 무수하게 설치되어 있을 테고… 섣불리 침입하다가는 케이베른에 의해 죽겠지.'

난공불락의 요새가 따로 없었다.

"큼, 역시 너무 어렵겠지. 하지만 자네도 알겠지만 우리 드워프들은 포기를 모르지. 사실 이건 드워프들끼리의 비밀이지만, 이 마을이 레어 근처에 있는 이유가 있어."

"이유가 무엇입니까?"

"우리 드워프들이 잘하는 일을 하기 위해서야. 눈치 빠른 드워프라면 이쯤만 말해도 충분히 이해할 테지?"

"설마……."

"흠흠, 더 이상은 말하지 않겠네. 자네가 우리 일을 도와준다면 또 모르겠지만 말이야."

띠링!

드워프들의 은밀한 계획

드워프들은 소중하게 여기던 희생의 화로를 케이베른에게 빼앗기고 말았다.

용맹한 드워프들에게 천적인 드래곤!
숱한 보물들을 바쳐 왔지만, 희생의 화로는 드워프의 기원과도 관련이 있는 물품.
케이베른이 가져간 희생의 화로를 회수하라.
위험하기 짝이 없는 일이지만, 성공한다면 드워프들은 후한 보상을 해 줄 것이다.

난이도 : S
보상 : 드워프들의 진귀한 보물.
퀘스트 제한 : 드워프.

-드워프 종족 퀘스트가 발생했습니다.
조각 변신술로 완벽하게 드워프로 몸을 바꾼 상태이기에 퀘스트 수행이 가능합니다.
의뢰를 거절한다면 드워프들은 당신을 비겁한 자로 여길 것이며, 명성이 10,000 감소하고 드워프들과의 친밀도가 부정적으로 변합니다.

난이도 S급의 종족 퀘스트!

'어떻게든 희생의 화로를 구해야 하는 입장이었는데… 드워프의 모습을 하고 있는 덕분에 종족 퀘스트까지 뜬 것 같군. 일석이조라면 나쁠 것 없지. 그리고 드워프들이 잘하는 일이라.'

키 작은 드워프들이 잘하는 일!

케이베른의 레어에 가까이 있는 드워프 마을.

위드의 머릿속에 섬광이 스치듯 무언가가 떠올랐다.

"희생의 화로는 반드시 제가 찾아오겠습니다."

—퀘스트를 수락하셨습니다.

위드는 데브라도 마을을 돌아다니며 탐색을 시작했다.

'드워프 인구는 325명. 대부분 노인이고, 어린 드워프는 찾아볼 수 없을 정도군.'

드워프는 평균적으로 아이들을 셋 이상은 낳는 종족이었다.

마을 주민들의 구성에서 나이 많은 이들만 모여 있는 점이 특이했고, 대장간의 숫자도 다른 드워프 마을들보다 적었다.

땅! 땅! 땅!

그리고 그 드워프들이 만들어 내는 건 모두 무기와 방어구였다.

'상인이나 모험가가 잘 찾아오지 않는데도 이렇게 계속 만든다고? 마치 전쟁을 준비하는 것처럼 말이지.'

의심이 더욱 깊어지는 상태!

드워프들은 좋은 맥주를 들고 가면 자신의 집으로 선뜻 초대를 해 주기도 하는데, 벽에는 최상급의 검과 도끼, 갑옷 등이 걸려 있었다.

드워프들의 제작품임을 감안하더라도 품질이 매우 뛰어났다.

'드워프들이 잘하는 일이라… 그리고 전사들의 수준도 뛰어나. 노인들이지만, 타고난 드워프 전사들만이 마을에 머무르고 있어.'

슬슬 의심이 확신으로 굳어져 갔다. 한 가지만 더 확인해 보면 완벽할 것 같았다.

위드는 근처의 드워프 주민에게 물었다.

"광물을 좀 캐고 싶은데, 광산이 어디에 있죠?"

"북쪽에 있다네. 꽤 오래 걸어가야 하지."

"고맙습니다."

위드는 곡괭이를 하나 가지고 광산 지역으로 달려갔다.

울타 산맥의 암석 지대에 있는 광산은 매우 크고 깊은 것을 제외하면 언뜻 보기에는 별다른 특이점이 없었다.

땅! 땅! 땅!

안쪽으로 들어갈수록 곡괭이질을 하며 바쁘게 철과 은을 캐내는 드워프들의 모습이 많이 보였다.

"이게 방금 캐낸 건가요?"

"그러네."

위드는 한쪽 구석에 쌓여 있는 철광석과 은광석을 만져 봤다.

"감정!"

질 낮은 철광석

몇 가지 광물이 조금씩 섞여 있다.
철이 포함되어 있긴 하지만 그 순도는 떨어지는 편이다.

보통 드워프들은 최고급 품질의 철광석을 이용한다.

광맥이 나쁘면 애초에 마을도 만들지 않는 종족.

광산까지 살피고 나니 의심은 완전히 확신으로 굳어졌다.

어린아이가 없는 비정상적인 인구 비율, 끊임없이 만들어 내는 전투 물자, 질 낮은 철광석이 나오는 광산은 기이할 정도로 크고 깊다.

'게다가 이 광산이 뚫린 방향이라면… 그래, 이 드워프 마을의 정체를 알아냈다. 이곳의 드워프들은 땅굴을 파서 케이베른의 레어를 털어 먹으려는 거야!'

서윤과 첫 키스를 나누었을 때처럼 짜릿한 전율이 위드의 전신에 흘렀다.

TO BE CONTINUED

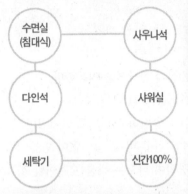